同心若さま 流星剣

二

無敵の本所三人衆

中岡潤一郎

コスミック・時代文庫

この作品はコスミック文庫のために書下ろされました。

目次

第一話　再　会

一

　春の訪れが近いと矢野剣次郎《やのけんじろう》が感じたのは、十間川《じっけんがわ》からわずかに奥まった場所にある長崎町《ながさきちょう》一丁目の番屋に、小さな変化を見てとったときだった。

　番屋に詰めるのは、泥縄長屋の大家である吉兵衛《きちべえ》であるが、彼は毎朝、同じ時間にやってきて、木戸の具合を確認して、番屋のまわりを掃除する。

　出入口から右まわりに掃き掃除をして、最後に塵芥《ちりあくた》をまとめて捨てる。

　その手順には寸分の狂いもなく、吉兵衛の立っている場所で時刻がわかる者もいるほどだ。

　最後に打ち水をして、建物のまわりを清めるのだが、その際、二回だった回数が、ある時季を境に三回に変わる。これも例年のことだった。

どういうことなのだろうと剣次郎が気をつけて見ていると、番屋の片隅に蒲公《たんぽ》英《ぽ》の草があり、そこに最後の一回をかけていた。

日陰になっていて成長は遅いが、それでも暖かくなるにつれて、ゆるやかに葉を伸ばし、いずれは可憐な花を咲かせるだろう。

剣次郎が聞いてみると、吉兵衛は笑いながら応じた。

「私は四角四面な男で、決まったことを決まったように繰り返していないと、落ち着かないのです。蒲公英はあまり好きじゃないので、取ってしまおうかとも思ったのですが、ふと気まぐれに水をかけてみたら、葉がきれいに光りましてねえ。こう……生きているって感じさせてくれたのですよ。以来、水をかけないと、気になって夜も寝られないようになりまして。不思議なものですねえ」

吉兵衛の目は慈愛にあふれていて、剣次郎の口元もゆるんでしまった。

今年も、例年と同じように三度目の水やりをする姿を目撃したところで、剣次郎は顔をあげた。

薄い雲越しに陽があり、強くはないが、やわらかい日射しを本所《ほんじょ》の町に降りそそいでいる。棒《ぼ》手《て》振《ふり》の声が大きく響いて、それに声をかける女房たちの声も弾んでいた。

知った顔を見かけたのは、三笠町《みかさちよう》の東側、裏店につながる路地の近くだった。

樽が積みあげられていて、その背後に隠れるようにして立っていた。

縞《しま》を粋に着こなしているのは、日々の生活にゆとりのある証拠だ。

「おう、与助《よすけ》」

「これは、旦那」

「ちょうど、よかった。おめえさんに聞きてえことが……」

そこで、剣次郎は、与助の前に女がいることに気づいた。山吹色の着物が似合う若い娘で、視線を向けると顔を伏せてしまった。

「すみません。私はこれで……」

娘は一礼すると、その場から立ち去った。

「おかよちゃん。ちょっと……」

与助が声をかけても、おかよは応じることなく、路地に消えた。

目に見えてわかるぐらい、与助は肩を落としていた。その姿を見れば、剣次郎もやらかしてしまったことに気がつく。

「すまねえな。変なところに声をかけちまって。行商と思って、油断した」

「いえ、いいんです。あの子、俺と話をするのを嫌がってたみたいだから」

「おかよ、とか言っていたな。どこの娘なんだい」

「小間物屋の下女ですよ。たまたま店に顔を出したときに知りあい、小間物にくわしいのに、押しつけがましくないところがよくってね。ちょくちょく声をかけていたんですが、嬉しそうではないんです。今日は花見にでも誘おうと思って、無理して呼びだしたんですが、あのありさまでして……やっぱり、よくなかったですね」

与助は袋物問屋の跡取りで、生活にゆとりはあったが、それを表に出すことはなく、どちらかと言えば質素に暮らすのを好んだ。女遊びもほとんどせず、働き者だと近所では評判だった。

「嫌がっている……か」

ふと、剣次郎はおかよの仕草を思い起こした。あれは、たぶん……。

「それより、旦那、なにかご用で」

「おう、すまねえ。ちょっと聞きたいことがあってな」

剣次郎は、三笠町でならず者が暴れていることについて訊《たず》ねた。この半月で、三回も騒ぎを起こしているという。

たちまち与助は顔をしかめた。

「ええ、黒桶長屋《くろおけながや》に押しかけてきて、毎日のように騒いでいますよ。あそこの飾り職人が借金を重ねているらしく、その取り立てだったようで」

「それは引っかかるな」

「はい。取り立てにしては、荒っぽいんですよ。話を聞くと、深川《ふかがわ》の賭場に出入りしてたみたいで、そこで、なにかやらかしたらしいですね。怪我人も出ていて、おとっつあんも気にしています」

「そうか、ありがとう。助かったぜ」

「すみません。この程度で」

「いいんだよ。深川が絡んでいるとわかっただけで、かなり違ってくる」

縄張りの問題もあるから、剣次郎ひとりだけで事件を解決するわけにはいかないが、目先が見えたのはありがたい。奉行所に戻って相談すれば、打つ手も見えてくる。

「それじゃあ、また、そのうち話を聞かせてくれ。今度は邪魔しねえからよ」

「い、いえ、そんな」

剣次郎は手を振ったが、立ち去ることはせず、あらためて与助を見た。

「ああ、そうだ。さっきのおかよちゃんだがよ。おまえ、さっきは脈がねえみたいなことを言っていたが、そんなことはねえと思うぜ。あの子、おまえのこと、相当に気にしているぜ」

「え、ええ、どうして……」

「後ろで手を組んで立っていた。しかも、おまえさんと近いところで」

剣次郎は、腹の前で手を組んだ。

「本当に嫌いな相手と向かいあっているときは、こうやって手を前に組んで、できるだけ離れようとするんだよ。近づいてほしくないからな。なにより、足先があさっての向きになっている。とにかく、離れようとするのさ。だが、あのときのおかよちゃんには、それがなかった。まっすぐ向かいあっていた」

「…………」

「ついでに言えば、俺たちから離れる寸前、おまえさんの顔を見た。ほんの少し、名残《なごり》惜しそうにな。あれは、心になにかが引っかかっていたのさ」

与助は、口を半開きにしたまま呆然と立っている。言われたことが頭に入っていないようだが、かまわない。大事なのは、この次だ。

「だから今度、会ったとき、おまえは少し頭を傾けてから、笑って近づけ。おかよちゃんと会えて嬉しいって思いながらな。そうすりゃ、うまくいくよ」

頭をまっすぐにして近づくと、威圧されているようにとられる。女は、とくにそうだ。少し首を傾けるだけで、好意を示す証しになるのだから、それを活かさない手はない。

「うまくやれよ。俺が邪魔したから、駄目になったっていうのは嫌だからな」

「あ、ありがとうございます。やってみます」

与助は、正面から剣次郎を見た。信頼の輝きがある。

「でも、どうして、そんなことがわかるんですか。おかよちゃんを見たのは、あの一時だけなのに」

「役目のせいだよ。いつも人を気にしているからな」

それは嘘だった。

剣次郎は、わずかな動作から人の気持ちを見抜く神の眼を持っており、その能力ゆえに『本所の眼《まなこ》』と呼ばれて悪党から怖れられている。ときには気味悪ささえ感じさせる能力を、剣次郎自身はあまり好んでいなかったが、人の役に立つのであれば、使うことにためらいはなかった。

これで与助が幸福になるのであれば、ありがたい。

剣次郎は肩を叩くと、与助から離れた。掘割《ほりわり》まで戻って見廻りを続けようと思ったところで、その足が止まった。

町人風の男が頭をさげて、彼を待っていた。その懐には十手《じって》があった。

二

「的場《まとば》さん」

剣次郎が声をかけると、年かさの同心が振り向いた。

五十を過ぎていることもあり、髪はすっかり白くなっていたし、鬢《びん》も以前より薄い。目尻や額に皺が目立ち、頬の染みも大きくなっていた。腰をあげるときの所作も、すばやさを欠く。

それでも、赫々《かっかく》と輝く瞳は健在で、能力が衰えていないことを示している。本気で睨《にら》めば、大の男でも金縛りに遭うだろう。それだけの迫力がある。

手下への指示も無駄はなく、切れのある口調からは、長く役目に就いてきた安定感があった。

筆頭同心の的場文三郎《ぶんざぶろう》は剣次郎を見ると、ゆっくり歩み寄ってきた。

「おう、来たか。又兵衛《またべえ》はうまくつないでくれたみたいだな」

「はい。掘割のところで待っていました。こっちはふらふらと歩いていたのに、よく見つけることができたもので」

「あいつにとって、本所は庭さ。人捜しはなんの手間でもない」

掘割のほとりで剣次郎を待っていたのは的場の手下で、名を又兵衛という。香具師《やし》の息子で、かつては北本所に二十人の子分を抱えるならず者であったが、盗賊の一団とやりあってから改心し、いまではお上の手先として働いている。

本所の小悪党に睨みが利くので、目立った事件があれば、すぐに耳に入る。

「あんな大物に来られたら、恐縮してしまいますよ」

「だったら、おまえさんも手下を持て。話がしやすい」

「それはちょっと。的場さんのようにはいきませんよ」

奉行所の同心は、南北あわせて百名あまり。江戸の安寧を守るには、あまりにも少ない。裏事情をつかむためには手下が必要だったが、彼らはほとんどがかつて悪事にかかわった者であり、お上の下で働くようになってからも、強請《ゆすり》、たかりで、町の者を泣かすことが多かった。ひどいときには上役の同心と手を組んで、商人から大金を巻きあげることもある。

お上の御用をあずかっているから、ということで威張り散らす者も多く、ここのところ、本所では怨嗟《えんさ》の声が溜まっていた。

「足元で悪事をされたら、こっちの気が休まりませんよ。勘弁してください」

「又兵衛を貸してやろうか」

「とんでもない。あの男は的場さんだから従っているんですよ。俺みたいな小僧っ子じゃ話になりません。それより、仏さんはあの小屋ですか」

「ああ、見てみるか」

「間違いなく、風見党《かざみとう》の一味なんですか」

「たしかだよ」

　的場は、剣次郎を近くの小屋に誘った。

　彼らが話をしているのは、北本所の割下水《わりげすい》を越えた先にある火除地だ。武家屋敷と町屋の間にあり、背の低い草が一面に広がっている。

　右手方向には小さな池があり、それに寄り添うようにして粗末な小屋が建っていた。放置されてずいぶんと時が経っているようで、庇《ひさし》は傾き、戸板も外れていたが、雨風を防ぐことはできそうだ。

　小屋に入ると、筵《むしろ》が敷かれていて、その上に絣の着物をまとった男が横たわっていた。口が半分、開いていて、手も強く握られたままだ。

「胸をひと突きだな。油断していたのか、やり返した様子がねえ」

的場は十手の先で襟を引っかけ、胸元を開いた。赤黒い血の跡が、右胸を中心に広がっている。

「殺ったほうは、ためらいがありませんね」

「端から狙っていたな。手際がいい」

「名前はわかっているんですか」

「そこの船宿に勤めていた、太郎助《たろすけ》という男だ。一年ばかり前にふらっと姿を見せて、近くに住み着いたらしい。よく働く男だったらしいぜ」

「ですが、盗人の一味だった……」

「そうだな。ほら、見てみろ」

的場が着物を引っぱると、脇の下に井桁《いげた》の彫り物が見てとれた。

「風見党の証しだ。仲間になると、すぐに彫る。鬱陶しい連中だぜ」

「まさか、江戸に舞い戻っていたとは」

風見党は、かつて江戸を荒らした盗賊の一味だ。凶悪無比なことで知られ、最初の押し込みで、油屋の一家五人と住みこみの下男、下女の三人を殺した。

犠牲者には五歳の子どももおり、陰惨な所業に江戸の民は震えあがった。

その後、本所と上野で似た手口の事件が起きて、風見党の存在があきらかとなった。当時、見習いだった剣次郎は、その探索に借りだされ、江戸中を走りまわった。

ようやく住《す》み処《か》を特定して、一味を捕らえる手はずを整えたが、焦った同心のひとりが先走ったことで動きを悟られ、わずかな下っ端をのぞいて、取り逃がしてしまった。

頭領の勘三《かんぞう》も、剣次郎たちが急襲《きゅうしゅう》する寸前に逃げだし、行方をくらました。失態を取り戻すべく、南町の同心は探索を続けたが、結局、行方はつかめないまま終わり、一味の大半は江戸から逃げだしたと考えられた。

あのときの悔しさは忘れられない。いまでも心が痛い。

「また江戸で悪さをするつもりですね」

「だろうな。この男にしても、一年も前から江戸で暮らしている。仲間も江戸に入ってきているはずだから、いつ動いてもおかしくねえ」

的場の眉毛が、わずかにつりあがる。強い怒りが見てとれた。

本所で風見党が暴れたとき、的場は現場の検分に立ちあっていた。巻きこまれて、無念の最期を遂げた町民の顔も見ている。

「とっ捕まえるぞ。なんとしてもな」

「はい」

「おまえは、このあたりをまわって、怪しい奴がいないか調べてくれ。俺は、御奉行さまに話をする」

「わかりました」

「急げよ。なにかあってからでは遅いからな」

剣次郎は一礼すると、小屋を出た。その足取りは、自然と速くなっていた。

三

「なんと、風見党が……」

日野屋《ひのや》由蔵《よしぞう》は、剣次郎の話を聞いて、顔をゆがめた。わずかに動いた目元から、浮かべた嫌悪感が本物であるとわかる。

「本所に舞い戻っていたとは」

「まだ、ここいらにいると決まったわけじゃねえ。だが、殺しがあったのは、北掘割の近くで、男はしょっちゅう両国《りょうごく》の盛り場に出入りしていたということだ。

かかわりがないと考えるのは、うまくねえだろうな」

「仲間がひそんでいるのは、間違いありませんな」

「ああ、いつ動いてもおかしくねえ」

事件が起きてから、すでに五日が経ち、剣次郎は殺された太郎助について調べあげていた。

年は二十五ということだったが、もう少し上のように思われた。故郷で食い詰めて江戸に出てきたと本人は語っていて、船宿では悪さをすることなく、真面目に働いていたようだ。

いまのところ、一味につながる情報はないが、剣次郎はしつこく追うつもりでいた。

「わかりました。寄合《よりあい》で気をつけるように伝えておきましょう。上野のほうにも話をしておきますか」

「そうしてくれ。一味がどう動くかわからんからな。ここは、おまえさんの顔が頼りだぜ」

由蔵は、本所松井町に店をかまえる油問屋の主だ。本所のみならず、上野や芝にも知りあいがおり、江戸の油問屋に関することなら、たいてい知っている。

先だって油の値が急にあがったが、それは日本橋の問屋が何軒かで買い占めたためで、由蔵が警告を出すと、すぐに値が落ち着いた。

剣次郎は、ちょっとした縁から由蔵と深く交わるようになり、いつしか三月《みつき》に一度は酒を酌み交わす仲になっていた。酒の席の戯言で、死ぬまで面倒を見ますぞ、とまで言われ、いささかこそばゆいかぎりだ。

「なにかわかったら、矢野さまに伝えます」

「頼む」

「しかし、殺されたというのは解せませんなあ」

由蔵は腕を組んだ。濃紺の羽織が、じつによく似合っていた。

「さきほども申したとおり、風見党の連中は腕っ節が強い。斬りあいで、他の盗人一味を叩き潰したという噂もあるぐらいで、そこいらのごろつきとは、くらべものになりません。それをあっさりと倒してしまうとは、よほどの腕利きなのか。それとも油断していたのか」

「まだわからねえな。なにか理由《わけ》があったのかもしれねえ」

「風見党は結束が固いですから、仲間割れは考えにくいですね」

その後、剣次郎と由蔵は、本所の動向について語りあった。

風見党が進出しているとなれば、それに刺激され、他の盗人も目立った動きをはじめるかもしれず、用心するに越したことはない。

「とりたてて荒事が増えているという感じはいたしませんが、気になるのは深川衆の動きですね。ここのところ、喧嘩が増えています」

「三日前にもあったな。たしか三ツ目橋《みつめばし》の北詰めで」

「はい。深川のごろつきが押し寄せてきて、近くの茶店で暴れまわりました。縁台がひっくり返され、一時は大変な騒ぎになったのですが、入江町《いりえちょう》の顔役が出てきて、事をおさめてくれたのです。さすがは五郎太《ごろうた》さんといったところですが、まさか、あの人が出てくるとは思いませんでしたよ」

五郎太は本所の裏社会をまとめる重要人物だ。六尺を超える大男で、腕っ節も相当のものであったが、普段は穏やかで、声を荒らげることもない。表情も変わらないので、内心を読み解くのがきわめて難しかった。

本所の町をいつもふらふらと歩いており、剣次郎ともよくすれ違う。

「深川も、五郎太とやりあう気はあるまい。ただ、これで手出しがやむかと言われれば、難しいな」

「立て続けですから。もう両の手では数えられませんよ」

「どこで揉めているのか。一度、話を聞く必要があるな」

「五郎太さんを取り調べるのですか」

「まさか。知りあいがいるから、そこに話を聞きにいくだけさ」

「さすがは矢野さま。本所の顔役にも伝手《つて》があるとは、よいお手並みで」

「褒めても、なにも出ねえよ」

その相手が剣次郎の異母兄弟であると知ったら、どういう顔をするだろうか。

ふと打ち明けてみたいとも思ったが、そこは押さえた。

由蔵は、剣次郎の出自《しゅつじ》について、他の誰よりもくわしい。

矢野家の養子になって同心の仕事を継いだことも、幼少のころは旗本の屋敷で育てられ、あらゆる剣技を学んだことも。

そして、彼の実父が、時の将軍、徳川家斉《とくがわいえなり》であることも……。

剣次郎は将軍の何十人目かの子どもであるが、母親が身分の低い下女だったことに加え、その時点で家斉が驚くほどの数の子をなしていたため、正式に家斉の息子と認められることはなかった。彼の子であることを示すための小刀を渡されただけで、事実上、放りだされたのだ。

たまたま面倒を見てくれる者がいたからよかったが、その気まぐれがなかったら、どうなっていたことか。生き延びることができたのは幸運だった。

義父はよい人物で、同心として身を立てることができるよう、心得を叩きこんでくれた。

由蔵も、まだ未熟だった剣次郎を高く評価してくれ、なにかと面倒を見てくれた。人の支えのおかげで、剣次郎は厄介な血筋を抱えながらも、江戸の町で生きていけたのだ。

そんななか、ひょんなことから、彼に異母弟妹がおり、しかも本所の町で暮らしていることが判明した。不思議な縁で結びつき、いまでも町で出会えば話をする間柄だ。

剣次郎は懐から小刀を取りだした。黒漆の鞘に収まった逸品で、柄には目を押さえた猿の意匠が刻みこまれている。三猿の見猿だ。

この小刀は流星剣と呼ばれている。空から降ってきた石で造られたことが名の由来で、古代の唐国から伝わる手法で精錬されている。将軍家斉から賜った特別な品物で、剣次郎が将軍の子である証だった。

「深川衆の動向については、私も気を配っておきます。ただ、いまは……」

「風見党だな。なにかあったら伝えるよ」

「よろしくお願いいたします」

「ほかに、なにかあるか」

「こちらからはなにも……いえ、ちょっと待ってください」

「どうした」

「風見党の件で思いだしました。彦助《ひこすけ》が江戸に戻ってきています」

「なんだって……」

まさかという思いで、剣次郎は由蔵を見つめた。

四

ためらった末、剣次郎が石原町《いしはらちょう》に赴いたのは、由蔵と話をした三日後のことだった。風見党の件で北本所表町の油問屋を訪ねたついでで、少し行っただけで彦助が働いているという店にたどり着いた。

声をかけるかどうか迷っていると、店の半纏《はんてん》を着た男が姿を見せた。

すらりとした体型は、以前に見たときと変わりがない。少し右肩をさげて歩く仕草も同じだ。顔は年齢を重ねて渋さを感じさせるが、整った顔立ちは、やはり目を惹く。

「彦助」

剣次郎が声をかけると、男は振り向いた。その目が大きく開く。

「これは、矢野の旦那」

「ひさしぶりだな。五年ぶりか」

「そうですね。こいつは懐かしい」

「ちょっと話がしたいのだが、いいか」

「かまいせん。ちょっと断ってきますね」

彦助は奥の炭問屋に入った。ふたたび姿を見せたときには、半纏を脱いでいた。

「すみません。そこいらの茶屋へでも行きますか」

「いや、歩こう。前と同じようにな」

「いいですね。旦那と歩くのは、本当にひさしぶりだ」

剣次郎は彦助と肩を並べて、大川端《おおかわばた》に向かった。土手をあがると、暖かい風が南から吹きつけてくる。春の日射しを浴びて、水面が美しくきらめく。

子どもの声が彼方から聞こえる。土手の下で追いかけっこをしているようだ。

「懐かしいです。前もこうして、土手を歩いていましたね」

「ああ、たいした用事もないのにな」

剣次郎が彦助と知りあったのは、十五年ほど前だった。剣次郎が旗本の屋敷で育てられていたころ、彦助は家業の瀬戸物屋を手伝っていて、父親に連れられ、何度か屋敷を訪れていた。

年が近いこともあり、すぐに仲良くなった。一緒に町の貸本屋をのぞきこんだり、行商の茶売りを冷やかしたりした。

あのころの剣次郎は、自分の出生について知らされたばかりで、ひどく鬱屈していた。屋敷での扱いは丁寧ではあったが、心がこもっておらず、孤独は深まるばかりだった。将軍の息子でなければ自由であったと思いこみ、みずからの身体を切り裂いて血を絞りだしてやろうかと考えたこともあった。

彦助との交流は、そんな剣次郎には救いだった。

父親の跡を継いで、瀬戸物屋を大きくすると語る姿には心が洗われた。ともに町を歩き、市井の人々と心を通わせるうちに、剣次郎の心は弾力を取り戻したのである。

交流は、彼が矢野家の養子となり、見習い同心となってからも続いた。

それが突然、終わったのは五年前の春で、そのときからふたりは、顔を合わせていなかった。

「どうしていた？」

剣次郎は話を切りだした。どうせ避けては通れない。

「上方に行っていました。京、大坂。ずいぶんとまわりましたよ。阿波《あわ》に渡ったこともありました。鳴門《なると》の渦潮も、この目で見ました」

「いつ戻ってきた」

「去年の夏ですね。伝手があって、いまの店に」

「炭問屋だったな。瀬戸物は、もうやらないのか」

「そうですね。見ていると、ちょっとつらくて」

彦助の顔に、影が差した。表情を一変させるほどの濃さだった。

「顔を出してくれればよかったのに。積もる話もあった」

「昔のことは、思いだしたくなかったんですよ。このまま江戸で消えてしまうのもよいかと思いまして」

「あれから五年か」

「まだ五年ですよ。胸の疼《うず》きは消えません」

彦助は、襟をかきあわせた。その声はひどく暗い。

　五年前の春、彦助の家族は、凶賊《きょうぞく》に襲われて皆殺しにされた。

　彦助が仕入れで留守にしていたところを襲われ、両親も、女房も、四歳の娘も殺された。その遺骸《いがい》は無惨に切り裂かれて、井戸に投げ捨てられていた。

　剣次郎は、遺体を見おろす彦助の姿を鮮明に覚えている。泣くのでも叫ぶのでもなく、ただ立ち尽くして見おろす。表情は消え去り、誰かが話しかけてもまったく反応しない。さながら、彦助の外観をかたどった人形が、目に見えない糸でつるされているかのようで、幽鬼《ゆうき》と勘違いしてもおかしくなかった。

　ようやく声をあげたのは葬儀の最後で、子どもの棺桶にすがって泣く姿は見る者の悲しみを誘った。

「いまでも、この季節は嫌いですよ」

「梅の花が咲いていたな」

　彦助の実家には梅の木があり、事件のあった日には紅い花が咲き誇っており、むせかえるような香りのなか、彦助は井戸から引きあげた子どもの遺体を見ていた。

　初春の紅梅を見るたびに、その情景を思いだす。剣次郎にとっても、つらい記憶だ。

「すまねえことをした。下手人を取り逃がしてしまって」

「しかたありませんや。向こうの逃げ足が速かった」

「いや、それは違う。一味の動きはつかんでいて、ねぐらがどこにあるかはわかっていた。あそこで焦らなければ、片づいていた」

彦助の家族を狙った一味は、証拠をいくつも残しており、足取りを追うのははたやすかった。三囲神社《みめぐりじんじゃ》の先に隠れ家があることまでつかんでおり、剣次郎は的場と話しあって、捕縛《ほばく》の機会を狙っていた。

だが、功を焦った同心が、わずかな手下だけを率いて隠れ家に押しかけて、すべてが失敗に終わった。

「おまえさんも、いろいろと助けてくれたのに」

「終わってしまったことです。どうしようもありません」

「それが、そうとばかりも言えねえんだよ」

鳶《とび》が声をあげ、彼らの頭上で大きくまわる。雲が流れた先には太陽があり、わずかに光が翳る。

「風見党の連中、江戸に舞い戻っている。おそらく、またひと働きするつもりだろう」

そう……五年前、彦助の家族を殺したのは、風見党だった。

奉行所に追われて逃げだす寸前、狂風のごとく、彼の店を襲い、すべてを奪い取った。事前に狙っての盗みではなく、思いつきでの犯行だった。

彦助は、土手の上で足を止めた。その視線は川に向いたままだ。

「聞いております。昨日、うちの旦那さまから」

「そうか」

剣次郎は彦助の前にまわった。

「見ていてくれ。今度こそ、とっ捕まえてやる」

「そうしていただけると、ありがたいですがね、あまりあてにはしていませんや。前にも取り逃がしていますからね」

「なんだと」

「やるのなら、自分の手でやりますよ。捕まえて、全員、あの世に送ってやりますぜ」

粘っこい声に驚いて、あらためて剣次郎は彦助を見た。

表情は暗い。目の輝きは鈍いが、それは本音を隠しているからだ。わずかに揺れる口元から、怒りの念が見てとれる。

怨《うら》みは深く、心の傷はいまだ癒えていない。

「よけいなことは考えるんじゃねえぞ。悪いようにはしねえ」

「しませんよ。いまのあっしに、なにができるんですか」

彦助は口元をゆがめた。昔の彦助だったら、決して浮かべない翳りがある。

彼は嘘をついていた。それは、剣次郎の能力を使うまでもなくわかった。

気になった剣次郎は彦助をなおも観察したが、表情から本音を読み取ることはできなかった。

五

翌日から剣次郎は、本格的に風見党の探索にかかった。

彦助の振る舞いは気になったが、まずは江戸に入った悪党を捕らえることが先だった。それは、結果として彦助のためにもなるはずで、剣次郎としてはよい結果を携えて、もう一度、話をしたいと願っていた。

知りあいの商家を訪ねたり、事情にくわしい棒手振に話を聞いたりして、剣次郎は風見党の行方を追ったが、十日が過ぎても芳しい反応はなかった。

例の殺しについても、決め手となる手がかりはなく、たちまち行き詰まってしまった。

風見党の一味が江戸に入りこんでいることは間違いないのだが、巧妙に行方を隠していて、その尻尾をつかむことは困難だった。五年前よりも手口が洗練されていて、一味がどのように江戸に入ったのかすらもわからなかった。

「こいつは、知恵袋が変わったたな」

剣次郎も的場と同意見だった。

風見党は粗野な盗人であり、これまでのやり口ならば行方をつかめていたはずだ。半月も調べてわからないのは、誰かが裏で糸を引いているか、あるいは頭のよい誰かが加わって、頭領の下で采配を振るっているかであった。

結束が固い風見党が、外から指図を聞いて動くとは考えられない。

口惜しい話だが、的場の言うとおり、風見党には軍師がおり、彼の指図でうまく身を隠しているのだろう。

手詰まりになった剣次郎は、二月下旬のある日、両国橋近くの茶屋を訪れた。

この店の団子は餡をたっぷり使っていて、口に入れると、思わず声をあげたくなるほど甘味が広がる。美味を通り越して、ただ甘いだけの世界を堪能できるので、剣次郎は落ちこんだときに、ここで団子を食べまくることに決めていた。

訪れると茶屋の主人が出てきて、道に面した縁台に座るように勧めてきた。

主人もまた甘い物が大好物であり、去年の秋にはふたりで山のように積んだ団子を食べながら、江戸の甘味処について語りあった。

剣次郎は、永代橋西詰にある佐原屋の永代団子がよいと語ったが、主人は気に入らないようだった。有名になってから味が落ちており、それなら北辻橋東詰《きたつじばしひがしづめ》の田原屋がよい、と語った。

佐原屋の職人があらたにかまえた店で、餡の錬り方にひと工夫が入っているという。試しに食べてみると、たしかにうまかったので、剣次郎の主人に対する信頼はますます厚くなり、注文する団子の量も二割ほど増えるようになった。

縁台に座り、両国橋から流れてくる民を見つめた。

暖かくなったこともあって、人の出は増えていて、橋詰めの芝居小屋にも客が押し寄せ、小僧が木戸銭《きどせん》をさかんに集めている。

そのかたわらでは、目つきの悪い男が人の合間を抜けていた。

剣次郎は、ふと右手奥側にいる見世物小屋の見張り人を見やった。こちらに気づくのを確認したところで、軽く首を振った。

目つきの悪い男は、いままさに、通りすがりの商人に迫るところだった。懐を狙っているのは、あきらかだった。

見世物小屋の見張り人は、凄まじい速さで掏摸《すり》に近づくと、その首根っこを押さえて、奥に引きずっていった。掏摸は抗えず、いつしか人混みに消えてしまった。

「あら、旦那。教えてあげるなんて、珍しい。仏心ですか」

やわらかい声に顔を向けると、背の高い女が剣次郎を見おろしていた。茶の風呂敷が右手にある。

「あの見張り、旦那に教えてもらうまで、気づいていませんでしたね。まったく、腕っ節ばかり強そうで、頭の回転が遅い」

「掏摸の動きがよかった。手練《てだれ》だな。あと一歩、速ければ、うまくいっていた」

「でも、旦那は気づいていた。さすがは、本所の眼。見逃しませんね」

「ぬかせ、おまえさんだって、気づいていながら一部始終を見ていたんだろう、かすみ」

剣次郎の言葉に、かすみは笑った。

「そんなことありませんよ」

「さすがは地獄耳と呼ばれるだけのことはある。本所のことなら、なんでもわかるのか」

「馬鹿言わないでくださいよ。知らないことなんていっぱいあります。ただ、このあたりに、新顔の掏摸がいるって話は聞いていました。お客さんが狙われたら、大変ですからね。それじゃ、これで」

「あ、ちょっと待て」

呼びかけられて、かすみは足を止めた。

「なんですか、旦那」

「話がある。ここに座れ」

「嫌ですよ。同心と一緒にいるところを見られたら、目立ってしまって」

「なにを言いやがる。おまえはただでさえ目立つんだから、もうひとつやふたつ、目立っても変わらねえよ。ほら、来い」

「面倒はごめんですからね」

「いいから、早く」

左右を見まわしながら、かすみは座った。距離を開けているのは、少しでも目立ちたくないのか、それとも剣次郎を煙たがっているのか。

本所緑町《みどりちよう》に、川崎屋という古着問屋があり、かすみはその店に勤めている。

器量はまずまずだが気が強いことで知られ、迂闊に言い寄ろうものなら、怒鳴られて追い払われてしまう。店でも男が口説いてくると、たちまち顔をしかめる。

それでいて、不思議と人気があり、周囲から人の影が尽きることはない。女の客に囲まれて困惑する姿も、たびたび見ている。

商いの腕は本物で、先だって本所を舞台に着物合戦を仕掛け、世間の話題をさらった。日本橋の呉服屋でも話題になったらしく、ひと目、彼女を見てみようと川崎屋を訪れる客も増えていた。

いまや本所では注目の的であるが、本人はとにかく目立つのを嫌っており、背の高さを隠すかのように、身体を丸めて歩いている。

「あいかわらず地味な着物だな。鳶色《とびいろ》はなかろう」

「これでも妥協したんです。女将さんは、山吹色の着物にしろって言って……大変だったんですよ」

「春らしくていいじゃねえか」

「大年増が着る物じゃありませんよ。それより、なんですか、呼びとめて」

「おう、そうだ。ちょっと聞きたいことがあってな。盗人のことだ」

「ああ、先だって、火除地で殺されていたっていう」

かすみは眼を細めた。

「たしか風見党でしたっけ」

「そうだ。その仲間について探している。おまえさん、なにか知らねえか」

「あたしは、単なる町娘ですよ。わかるはずがないでしょう」

「地獄耳の異名は伊達じゃなかろう。あれほどの大事だ。おまえさんの耳に入っていないはずはねえ」

かすみは、遠く離れた場所からでも、人の話を聞き取る聴力を持っている。その気になれば、雑踏のなかの話を拾いあげることもできるようだ。

そのうえ、一度、聞いたことは容易に忘れない。

当人は、三日ぐらいしか覚えていませんけどね、などと言うが、剣次郎はかすみが半月以上前に聞いた話を克明に語る姿を見ている。

かすみはとくに同性の知己《ちき》が多く、茶屋の娘や芸者、商家の下女まで含めれば、百を超える。

彼女たちは、女にしかわからないやりかたで町の津々浦々での出来事を聞いて、かすみに伝える。集まった知らせは膨大で、そのすべてを頭に叩きこんでいる。

地獄耳と言われる由縁だ。

「どうなんでえ」

かすみはうつむいて、砂利石を見つめていた。茶碗は手にしたものの、口元に運ぶ気配はない。

顔は整っているし、身体つきもほっそりとしていて見目麗しいのであるが、不思議なほど色気を感じない。正直、女として見ることはできない。

それでいて、親愛の情を感じるのは、血がつながっているせいなのか。

将軍家斉は町娘にも手を出し、そのうちのひとりが女子を産んだ。

それが、かすみで、剣次郎から見て妹にあたる。

将軍の好色もここまでくると異様だが、それよりも、商家にあずけて町娘として暮らすように仕向けたことが驚きだった。

万が一にも正体が露見《ろけん》したら、江戸の町をひっくり返す大騒ぎになろうに、かまわず町に置いた。知られてもかまわないと思ったのか、それとも、まったく関心がないのか、そのあたりははっきりしない。

かすみ自身がどう思っているのか、剣次郎にはわからない。

「そうですね。盗人の件ですが……」

かすみは淡々と話をはじめた。いつもと変わらぬ振る舞いだ。

「業平《なりひら》橋の近くで、妙な連中が動いているという話は聞きました」

「誰からだ」

「一杯茶屋の女房からですよ。あの辺、いろいろありますから」

業平橋は十間川にかかる橋で、本所の外れに位置しているため、周辺にひとけがない。それに乗じて、流しで色を売る女が数多く出没する。いわゆる夜鷹であり、かすみが聞いた料理茶屋は、そのまとめ役だろう。

「妙な男がうろうろしていて、危ないって。知りあいも長脇差《ながわきざし》で狙われたって言ってました。渡世人《とせいにん》に頼んで叩きだしてもらおうとしたんですが、逆にやられてしまったようで、気に病んでいましたよ」

「こっちの耳には入ってこないが」

「あたりまえです。夜鷹の争いなんて、誰が町方に知らせるものですか。頼られたのをこれ幸いと、小遣い稼ぎで手を出してくる町方も多いんですから、迂闊には聞かせられませんって」

「そうだったな」

「で、連中が出てきたのが去年の秋ぐらいで、そのうちのひとりが、どうも盗人だって話なんですよ。見たことがある人がいて、茶屋の女将だけじゃなくて、近くの産婆にも話をしていて、気になっていたんです」

「そうか。業平橋か。いい話を聞かせてもらった。助かるぜ」

「ほかにもあるんですよ」

かすみは本所の北で、小競りあいが頻発していると語った。大半はごろつきの殴りあいであるが、まれに町の者が巻きこまれて怪我をしている。霊光寺《れいこうじ》や感応寺《かんのうじ》の周辺で、それが目立つ。

「騒ぎになっていないのは、町方につつかれるのを嫌がっているからですよ。ないわけじゃないんですからね」

「肝に銘じよう」

「礼はいずれしていただきますからね。たっぷりと」

「この団子でいいか」

「やめてくださいよ。こんな甘いもの、どうするんですか」

「あっという間だぞ」

剣次郎が団子を立て続けに口に入れるのを見て、かすみは顔をゆがめた。信じられないと言いたげな表情で、それが剣次郎の心を微妙にくすぐる。

かすみを見ると、つい、からかいたくなってしまう。気を許しているせいなのだろうが、どうしてそう思えるのか、剣次郎にはよくわからなかった。

「あたし、行きますね」

かすみは立ちあがったところで、動きを止めた。

「どうした？」

「あれ、彦助さんですよね。音羽屋の」

剣次郎が顔を向けると、彦助が両国橋に向かっていた。

連れだって歩いているのは、若い娘だった。

十代のなかばといったところだろうか。山吹色の着物で、身体は細かった。頬の肉は落ちていて、顔色もよくない。

いかにも幸の薄い顔立ちに見えた。

「知っているのか」

「音羽屋さんのご主人には、よくしてもらっているのですよ。この間も、夏物の羽織を買ってもらいましたし。彦助さんとは、最近、話をするようになって。旦那の知りあいにしては、嫌味がなくていいですね」

「そうだなって……おい、待て。どうして、俺と彦助のことを知っている」

驚く剣次郎に、かすみは笑って応じた。

「音羽屋さんの知りあいが、旦那たちが土手を歩いているところを見たんですよ。この間、品物を卸しに行ったら、その話をしてくれて」

「ちっ。さすがは地獄耳だな」

「娘さんにしては大きいから、姪っ子ですかね。いいですね。あんなかわいい娘と一緒で」

「どうかな」

剣次郎は、人混みをかきわけていくふたりを見つめた。

さながら親子のように寄り添っているが、ふたりの間には、あきらかに距離があった。

彦助は女の歩みを待っていなかったし、女もまた熱心に追ってはいなかった。

冷たさを感じさせる情景に引っかかりを覚えながら、剣次郎は両国の橋詰めに消えていくふたりの背を追いかけていた。

六

剣次郎は、かすみから話を聞いた足で、北本所に足を向けた。横川《よこかわ》をあがり、業平橋にたどり着いたころには、陽が暮れていた。

春の暖かい空気が急速に消えていくなか、剣次郎は橋の周囲を探った。

人の気配は少なかった。夜鷹は出ておらず、橋詰めで商売をする屋台も数えるほどしかない。川向こうでは、野犬の鳴き声がうるさかった。

業平橋は本所の外れにある橋で、その名は平安の世の歌人・在原業平《ありわらのなりひら》に由来すると言われる。業平はこの地で没しており、それを示す業平塚が近所の南郷院《なんごういん》にある。

天皇に連なる高貴な血を持ち、和歌の達人とも言われた彼が、なぜ、この地で果てたのか、剣次郎は知らない。ただ、その名は永きにわたって残り、地名、さらには橋の名前になったことは間違いない。

剣次郎は橋に背を向け、武家屋敷から隣接する寺の裏に入っていく。

道すがら話を聞いたが、たしかに業平橋の西で小競りあいが増えていた。

刃傷沙汰《にんじょうざた》の噂もあり、物騒な空気が漂っているように思われた。

剣次郎は寺の壁を見ながら、小道を進む。

気配が変わったのは、町屋と武家屋敷の境に入ったときだった。

言い争う声が前方から聞こえて、剣次郎は足を速めた。町屋の外れに、小屋があり、人の気配が感じられた。

手前に池があったので、それを避けて左からまわりこもうとしたところで、悲鳴があがった。

剣次郎は急ぎ小屋に駆けつけ、戸を叩いた。

「おい、どうした。なにが……」

言いきらぬうちに、戸が開いて、人が飛びだしてきた。

白刃が闇夜にきらめく。

剣次郎はさがってかわすと、提灯《ちょうちん》を相手に突きつけた。

「何者だ。顔を見せろ」

相手の顔は、覆面に隠されていて見えなかった。男で、背丈は剣次郎と同じぐらいだった。

「俺は南町の矢野剣次郎。ここでなにをしていた」

男はなにも言わず、短刀をかざした。間合いを詰めると、鋭い突きを放つ。

剣次郎はまたもさがってかわし、十手で男の一撃を払いのける。

ふたりは距離を保ちながら、小屋から離れていく。相手が逃げる機会をうかがっているのは間違いない。その前に飛びついて、取り押さえたいところだ。

剣次郎は前に出て、十手で右手を狙う。

それを待っていたかのように、男は受け止めて振り払うと、逆に攻めてくる。

剣次郎はさがり際に、左手を狙って一撃を放つも、かわされてしまう。

妙な感覚を覚えた。前にも同じようなことがなかったか。ことごとく彼の技はかわされて、一方的に追いこまれたことがあった。あのときも、まったく敵わなかったが、それは……。

記憶が閃《ひらめ》く。

剣次郎がさらに踏みこむと、小屋から物音がした。一瞬、気が散ったところで、男はさがり、そのまま池の端を走って逃げだした。

剣次郎は顔をしかめて、十手を懐にしまった。左右を見まわしながら、ゆっくり小屋に向かう。

梅の香りに混じって、生臭い匂いを感じとったところで剣次郎は戸を引いた。

小屋の中央には、火のついていない囲炉裏《いろり》があり、そこに恰幅《かっぷく》のよい男が顔を突っこんで倒れていた。胸から血が流れており、板間を赤黒く染める。

剣次郎は歩み寄って、様子をうかがった。

その身体が動くことはなかった。

七

「それで、死体は見つけたが、下手人は逃がしてしまったと」

「申しわけありません。すぐに追いかけたんですが」

「あのあたりじゃ行方をくらますのもたやすいか。やってくれたな、剣次郎」

的場は十手で腹をつついた。瞳には怒りがある。

「まったく、先走りやがって。行くんだったら、声をかけろ。これじゃあ、五年前の馬鹿と同じだ」

「すみません」

「それが嫌だったら、手下を雇え。ひとりでもいれば、話は変わっていたはずだろうよ」

反論はできない。剣次郎は下手人と対峙したにもかかわらず、取り逃がし、その手がかりはいまだつかめていない。不手際もいいところで、奉行から叱責されてもおかしくなかった。

「それで、仏の身元は」

「本所緑町の炭屋、中川屋の手代《てだい》で、宗次《むねつぐ》ですね。一年前から店に入って、働き者として知られていました。手代になったのは先月で、博打も女遊びもしていなかったと」

「その真面目ひと筋の男が、風見党の一味だったわけか」

「はい。脇の下に彫り物がありましたから」

番屋で身体をあらためたときに、それは見つかった。宗次の人となりはその前に聞いていたので、まさかという思いがあった。

「また一味の者が殺されたか」

「立て続けですね」

「一年前に入ったのであれば、この間の奴と同じ頃合いだな。江戸に連中が舞い戻ってきていることは間違いないが、なぜ、ここで殺されるのか」

ふたりが話をしているのは、一ツ目橋から相生町《あいおいちょう》一丁目に入ってすぐの河岸《かし》だ。

本所の目抜きであり、人通りは際立って多い。猪牙舟《ちょきぶね》が入って、先刻から俵の荷揚げが続いている。

「ほかに人はいなかったんだな」

「はい」

「なら、ほかの盗人に襲われた線は薄いな。仲間割れか」

「風見党は結束が強いと聞いています」

「そうなんだが、こう荒事が続くとな。鵜呑みにはできん」

的場は首を手で叩く。迷っているときの癖だ。うつむき加減で歩くのも、考えがまとまらないときによく見せる。

それでいて、剣次郎との距離は離れていない。信頼してくれている証しだ。

的場は、義父とともに剣次郎を一から同心として鍛えてくれた。本所廻りに決まったときも、町の顔役や大物商人を紹介してくれて、仕事がやりやすいように手配してくれた。

はじめて一緒に酒を飲んだ日のことは忘れない。ようやく半人前になったな、と嬉しそうに語ってくれた。

信頼してもらっているのだから、その知遇には答えたい。

「的場さん」

「なんだ」

「この件、俺にまかせてくれませんか」

的場は、じっと剣次郎を見つめた。

「手がかりはあるのか」

「ありません。ですが、やりようはあるかと」

「どうするんだ」

「地道に聞いてまわりますよ。的場さんに教えられたようにね」

聞き込みの方法は、徹底的に叩きこまれた。

よく言われたのは、同心であることを笠に着て、高圧的に訊ねてはならないこと。気持ちを寄せ、相手が本心から語るように仕向けること。町の一員であることを忘れてはならないことだった。

剣次郎には神の眼があり、人のちょっとした仕草から本音を見抜くことができるが、本所廻りの同心として役目を果たすことができたのは、的場の言葉に従って、威圧的な態度を取らず、日々、町民に寄り添ってきた結果だと思っている。地道な積み重ねにくらべれば、神の眼などたいしたことはない。

的場は十手を取りだして、くるりとまわした。

「わかった。この件、おまえにまかす」

「ありがとうございます」

「いや、むしろ、手を貸すことができなくて、すまねえと思っている。いま深川との争いが面倒になっていてな。そっちで、いっぱいいなんだよ」

「わかっています」

本所と深川の小競りあいは激しさを増し、渡世人の争いだけではすまなくなっていた。この間は、三笠町の大工が深川の表櫓《おもてやぐら》で喧嘩沙汰を起こし、酔客を巻きこんでの大乱闘となった。飯屋の壁に穴が空くほどの争いで、町方のみならず、火付盗賊改方《ひっけとうぞくあらためかた》も乗りだしていた。

「あれがおさまるまでは、人手が割けねえ」

「かまいません。ひとりなら、よけいな気は遣わずに済みますからね。さっさと片づけて見せますよ」

「無理はするなよ。やらかす前には、かならず声をかけろ」

「そうします」

剣次郎の言葉を聞いて、的場は手を振り、静かに離れて二ッ目橋に向かう。

一度として振り向くことはないのは、信頼の証しだ。まかせたら、なにも言わずに責任を取ることだけを考えているのだろう。

託された思いを胸に、剣次郎は一ツ目橋に戻った。


翌日から剣次郎は本所をくまなく歩いて、風見党の探索を進めた。

現場周辺で町民に話を聞きつつ、勤め先の中川屋に赴いて、宗次の身辺を訊ねてまわった。宗次と付き合いのあった者にも話を聞いたし、付近で働く夜の女にも会って話を聞いた。近所の一杯飯屋でも人と会った。

剣次郎は、神の眼を使い、容赦なく人の本音を暴いた。宗次の友人がくわしいことは知らないと言えば、その不自然な手の動きから嘘であることを指摘し、隠れて賭場に通っていたことを引きだした。

手引きをしたのは宗次であり、本所深川の賭場事情に相当にくわしかったことも暴きたてた。

剣次郎は、さらに宗次がその伝手を使って、半年前から大店《おおだな》の手代と親しく付き合っていたことも知った。それは、夜鷹から聞きだした話だったが、決め手となったのは、女の仕草からふたりが深い関係にあることを見抜いたからだった。

　剣次郎は役目に徹した。

　すでにふたりが犠牲になっており、放っておけば、風見党が暴走することはあきらかだった。どんな秘密であっても、それが風見党にかかわっていると見れば、踏みこんで話を聞きだした。

　大枠が見えてきたのは、調べをはじめてから十日後のことだった。

　きっかけとなったのは、前に殺された太郎助が勤めていた船宿を訪ねたときだった。視線を逸らし、やたらと手をこする番頭の態度を見て、剣次郎は脅しをかけて、隠し事を引きだした。

　線がつながり、大勢が見えると、彼はすぐに動いた。

　ここが勝負所だった。

八

　剣次郎が暖簾《のれん》をくぐると、小肥りの男が上がり框《かまち》まで出てきた。額には汗が浮かんでいる。瞳の動きも落ち着かず、焦っていることが見てとれる。

「これは、矢野さま。お待ちしておりました」

「すまねえな。急ぎの用があったんで顔を出させてもらった。使いは来ていたみたいだな」

「はい。うちの小僧がすっ飛んで戻ってきまして」

「さすがは、武蔵屋。本所一の小間物問屋だけのことはある。しっかり躾けてあるぜ」

武蔵屋は、回向院《えこういん》裏手の本所松坂町《まつざかちょう》に店をかまえる老舗《しにせ》の問屋で、美濃焼の茶碗を大量に仕入れ、近場の小間物屋に卸している。武家筋とも付き合いがあり、最近では南掘割の津軽家にも出入りしていた。

主人の寛次郎《かんじろう》は美濃《みの》の出身で、今年四十五歳。武蔵屋に婿入りして、一気に商いを広げた。

まさか、風見党の件で、この店に来るとは思わなかった。つながりはまったくないように思えたが、現実は違っていた。

「本来だったら、こんな大店に入るなんて許されねえんだがよ」

「なにをおっしゃいますか。矢野さまなら大歓迎ですよ。さあ、奥へ」

「いや、急いでいるから、ここでいい。今日は聞きたいことがあるんだよ」

「なんでございましょう」

「風見党の連中がどこにひそんでいるのか、教えてくれねえか」

いきなり剣次郎が切りこむと、寛次郎の動きが止まった。息を詰め、目を激しく動かしたところで、ようやく言葉を切りだす。

「なんのことでございましょう」

「とぼけるなよ。見当はついているんだ」

「本当になんのことだか。風見党などと、私はとんと知りませんが」

「やはり、そう言うか。だが、嘘をつくのはよくねえな」

剣次郎が顔を寄せると、寛次郎はさがった。

「そこよ。俺から逃げようとしている。それに、俺の問いに答えたとき、時を要した。嘘をつくときには、頭をまわすから、身体が止まるんだよ。それでもとぼけて応じるところは、さすがだがな」

「そんな」

「調べはついているんだよ。武蔵屋」

剣次郎は店の者から寛次郎を引き離し、小声でささやいた。

「この数年で、商いが伸びた。しかも、武家筋とのつながりも増えている。なにか裏にあると思っていたが、まさか抜荷《ぬけに》をやっているとはな。しかも、唐物とは驚きだよ」

「ど、どうして、それを……」

「この店の手代が博打にはまっていてな。結構な金をすっているのさ。胴元に絞られているところを助けてやって、ちょっと話を聞いたら、教えてくれた」

先日、話を聞いた船宿の手代は、武蔵屋の丁稚《でっち》とつながっていた。その伝手を使って、武蔵屋の手代が博打にはまって借金が返しきれずにいることを知ると、剣次郎が声をかけ、事の次第を尋ねたのである。

手代は懸命に隠し通そうとしたが、剣次郎の前では無駄だった。

彼の話から、剣次郎は、殺害事件のあった火除地の小屋の持ち主が、武蔵屋であることを知った。巧妙に名前を隠してはいたが、地代を払っていたのは寛次郎であったし、小屋にも店の者が出入りしていて、片づけをしていたことも判明した。

気になって、業平橋の小屋も調べてみると、そこも寛次郎と付き合いのある商家がかかわっていた。

裏でなにか動いていると察した剣次郎は、さらに調べを進め、武蔵屋との抜荷の件にたどり着いた。単なる商人が実際に抜荷を動かせるはずがなく、背後で動いている一団がいた。

それが、風見党の特徴と一致した。

「風見党とどこでつながったのかは、あえて聞かねえでおいてやる。幸い、まだあいつらは江戸では悪さをしていねえ。だが、この先、なにかをやらかすつもりでいる以上、放っておけねえんだよ」

剣次郎が凄むと、寛次郎は息を呑んだ。

「抜荷の件も、言わないでおいてやる。風見党がかかわっているのだろうから、奴らがいなくなれば、それで終わりだ。奴らと縁を切るいい機会だと思ってくれれば、ありがたいがな」

そこで、剣次郎は笑顔を浮かべた。一瞬、寛次郎の気がゆるんだところを見抜いて、さらに踏みこむ。

「俺は、おまえたちを助けたい。改心してくれれば、武蔵屋を潰すことはないと思っている。だから、手がかりだけでいいから、教えてはくれないか」

寛次郎はしばし視線をさまよわせ、口元を動かした。

言葉は出てこない。だが、焦る必要はない。

人は自分の城を明け渡すとき、動きが遅くなるものだ。己の心という城に剣次郎を迎え入れるには、それなりの儀式が必要だ。

剣次郎には、寛次郎の心理が手に取るようにわかった。

「……矢野さま、本当に秘密は守っていただけますな」

「ああ。俺はこの店を潰したくないんだよ」

本音だった。剣次郎は、武蔵屋も寛次郎も好きだった。

抜荷で武家に食いこみ、少しでも商いを大きくしようとするやりかたは姑息《こそく》であったが、必死であり、商人としては間違っているようには思えなかった。

「わかりました。では、知っていることを話しましょう」

寛次郎は話をはじめた。それは、意外ではあったものの、不思議と納得できる話でもあった。

九

剣次郎が音羽屋を訪ねると、丁稚が出てきて、訪ねた人物はいないことを告げた。使いに出ているということで、出直すべく、大川端に出た。

雲が出ているせいか、土手は寒かった。風もさながら冬を思わせる冷たさで、思わず袖に手を引っこめてしまうほどだった。

吾妻橋《あづまばし》に足を向けたところで、背後から声がした。

「旦那」

彦助が声をかけてきた。軽々と土手にのぼると、軽く頭をさげる。

「店に来てくださったんですってね。すみません。留守にしていて」

「来てくれたのか」

「ちょうど入れ違いだったようで。うちの小僧が教えてくれました。それで、なにか御用で」

「手短にしよう。待ち人もいるようだ」

土手の下では、先だって彦助と連れだって歩いていた娘が立っていた。うつむき、その場にたたずんでいる姿は、この間と同じ憐れな風情を感じさせた。

「そうしていただけると助かります。早めに休ませてやりたいんで」

「歩くか」

「寒いんで、ここがいいですね」

剣次郎はうなずき、静かに息を吸った。話を切りだしたのは、風が吹き、大川の水面が細かく波立ったときだった。

「風見党は知っているよな」

「いまさらなにを。当然で」

「その知恵袋は、おまえだな」

剣次郎は、すぱっと切りこんだ。

彦助の表情は変わらない。動揺をおさえているのではないことは、引きしまった口元を見ればわかる。

剣次郎の話を、端から予想してのことだ。

「この先に船宿がある。殺された太郎助が働いていたところだ。そこを使って、おまえは風見党の連中を本所に引っ張りこんでいたな。知りあいの口入屋を通じて、一味を堅気の店に送りこんで正体がばれぬように工夫し、さらには武蔵屋とつながって、抜荷を押し進めた。あとは頭領が江戸に入るのを待って、大仕事をするはずだったが、殺しがあって頓挫《とんざ》した。いまは逃げだす機会をうかがっている。そんなところじゃねえか」

彦助は応じない。だが、わずかにつりあがった目尻が、剣次郎の言葉が間違っていないことを示している。

「やはりそうか」

剣次郎が調べを進めている間、何度か彦助の名前が出てきた。

たまたまだと思っていたが、武蔵屋の手代と会って話をしたとき、彼が抜荷の手引きをしていると教えられた。最初は信じられなかったが、ほかにも彦助を知っている者がいて、間違いなく風見党と手を組んでいると語った。

「なぜだ、なぜ、そんなことをする」

剣次郎は彦助を見た。

「風見党は、おまえの家族を殺した連中だ。なのに、どうして」

「この手で思い知らせてやりたかったんですよ。大事なものを奪われるというのがどういうことか」

小さな雨粒が顔を叩く。ひどく冷たく感じたが、それでもふたりは、土手からおりようとはしなかった。

「奴らは、俺が追いつめて、成敗します。逃がしはしませんよ」

「一味になったのは、そのためか。懐に入って、すべてを終わらせるために」

「そうですよ」

「よせ。この先は、俺たちにまかせろ」

剣次郎は歩み寄ると、彦助は首を振ってさがった。

「やめてくださいよ。旦那。どうせ奉行所なんて、なにもしてくれねえ。親父や女房が殺されたときも、俺たちの話を聞きもせず、最後には見逃してしまった。なんの役にも立たねえ」

彦助は大きく息を吐きだして、その場にしゃがみこんだ。

「旦那」

「なんだ」

「まだ嫁さんはもらっていないんですね。なぜですか」

「そんな気になれなくてな」

「家に人がいるのはいいことですよ。俺なんか、みなに支えられて生きていたようなものです」

彦助の家族は、両親も含めて仲良しだった。嫁姑の争いもなく、むしろふたりが一緒になって、冗談混じりで彦助を責めていた。それを見て、まだ小さな子どもが割って入って、父親を守るという微笑ましい情景もあった。

彦助の家を見ていると、幸福が肌で感じられた。

だが、それは無惨にも砕かれた。

剣次郎は、嫁を取って人と暮らすということを、頭に描くことができなかった。

穢《けが》らわしい欲情から生まれた自分が、家を持ち、その血を後世に残すのが正しいとは、とうてい思えなかったからだ。

ただでさえ、将軍の子であるという立場は、きわめて危うい。露見したら、どうなるかわからないのに、さらに子どもを残し、災いの因縁を現世に張りめぐらせてしまうことには、ためらいしかなかった。

幸い、心を許す女もいないことから、剣次郎はひとりで生きていくと頑なに決めていた。

ただ、もし、自分がただの武士の子どもだったら、運命も大きく変わっていたのだろうか、と思うことはあった。

親戚から押しつけられるようにして嫁を取り、不器用でうまく自分の意を伝えられないままでも家を保ち、やがて子が生まれ、育っていく。

喧嘩をしながら、思うように生きられぬ自分を嘆きながらでも、ごくあたりまえの幸せを手に入れることができたかもしれない。

果たせぬ夢であることは剣次郎も自覚していたが、夢を見たくなるほどに、将軍の血は彼を深く縛っていたと言えよう。

「旦那に子がいれば、あっしの思いもわかってくれたかもしれませんね」

彦助のひとことは、冷たく剣次郎の心に響いた。

「あっしはやりますよ。大事なものを、奴らの目の前で奪ってやります」

彦助は立ちあがると、剣次郎を見た。その目尻はつりあがり、強い怒りを感じさせた。

「旦那、さっきの女、誰だと思います。頭領の娘ですよ」

「なんだと」

剣次郎が見ると、娘は土手の下でうつむいていた。

「あいつ、人の子どもは殺しておいて、自分はちゃっかり年頃になる娘を持っているんですからね。信じられません」

彦助は、暗い笑みを浮かべた。

「俺のこと、信じてまかせてくれているんですよ。あの娘を眼の前で殺したらどんな顔をするでしょうね。俺のときのように、嘆き悲しみますかね」

「よせ。殺したところで、なにも変わらない」

「あっしの気は晴れますよ。あいつの顔を見て、ざまを見ろって言ってやるんでさあ」

「駄目だ」

剣次郎は十手に手をかけた。このまま、彦助を行かせるわけにはいかない。

「捕らえますか。いいですよ。そうなればあの女が走って、頭領に伝える。風見党は江戸から逃げて、奉行所の面目は丸潰れだ」

彦助が苦い笑みを浮かべて、剣次郎の心は痛んだ。

家族を殺された彦助が江戸から立ち去るとき、剣次郎は千住《せんじゅ》の宿まで送った。最後の瞬間、気をつけてな、という言葉に、彼は乾いた笑いを浮かべた。絶望と虚無しかない顔に、剣次郎は言葉を失った。失ったものの大きさを思い知らされ、ひどく打ちひしがれた。

あのときと、彦助は同じ表情をしていた。まだ、心には冷たい風が吹いたままなのか。

「あっしは死んだと思ってくだせえ。ここにいるのは、ただの抜け殻でございますよ」

頭をさげると、彦助は土手をくだって、娘に歩み寄った。肩を抱きながら、本所の町に消えていく。

冷たい雨に打たれながら、剣次郎は背中を丸めたふたりを見送った。できることはそれだけだった。

十

彦助と別れてから、しばらくの間、剣次郎は塞《ふさ》ぎこんでいた。

かつての友になにもしてやれなかったという思いは、心に重くのしかかり、探索の足も自然と止まっていた。虚しく時が過ぎる一方であったが、それを思わぬ事態が打ち破った。

「たれこみが入った。これから風見党のねぐらを押さえる」

向島百花園《むこうじまひやっかえん》近くの廃寺《はいじ》に、一味が集結しているという知らせが入り、南町の精鋭が捕物に向かうことになった。本来ならば、剣次郎も加わるところであるが、的場の意志で外された。

「おぬしには、やってもらわねばならないことがある」

短いが、的確な説明に納得し、剣次郎は向島に赴《おもむ》く同僚を見送った。

一味を取り押さえたとの知らせが入ったのは、翌日のことである。抵抗したので半分を斬り捨て、残りの半分を捕縛した。

ただ、頭領の勘三は取り逃がし、彦助も捕まっていなかった。奴らは逃げる先を探していると的場は語ったが、事実は異なると剣次郎は読んだ。

だからこそ、業平橋の小屋に足を向けた。決着をつけるとすれば、あそこしかなかった。

剣次郎が到着したとき、すでに騒ぎは起きていた。声があがり、ふたりの男が飛びだしてきた。

ひとりは彦助、もうひとりは、顔に傷のある小男だった。おそらく、頭領の勘三だろう。

小男は右手に短刀を持ち、その切っ先を彦助に向けている。

一方の彦助は、勘三から離れると、小屋を背にして立った。

その右腕は、女を抱えていた。勘三の娘であり、顔はひどくゆがんでいる。涙を流した跡も見てとれた。

「ざまを見たか。風見党は、これでおしまいよ。子分も取り押さえられて、残ったのはおまえひとりよ」

「彦助、てめえ、よくも……」

勘三は目をつりあげた。

「できる男だと思っていたから、采配をまかせたのに」

「あれだけの悪行をしておいて、よく言うぜ」

「神妙にしろ。もう逃げられんぞ」

剣次郎が声を張りあげると、ふたりはそろって視線を向けてきた。勘三の目には焦りが、彦助のには激しい怒りがあった。

彼らが顔を合わせているのは、二度目の殺しがあった小屋だ。調べが終わったあと、小屋は放置されていて、頃合いを見て武蔵屋が取り壊すことになっていた。

一度、殺しがあったところに、かかわりのある者が逃げこむとは考えにくく、調べの盲点になる。彦助なら、それに気づいているはずで、早くに逃げこんでいると考えていた。

「彦助、やめるんだ」

「放っておいてくだせえ、旦那。俺はここですべてを終わらせます」

彦助は目をつりあげた。

「すべては、このときのためよ。ここで、この娘を殺せば……」

腕に力をこめると、娘は声を絞りだした。

「や、やめろ。娘には手をかけるな」

「よくもそんなことを。俺の娘を殺したくせに。まだ四歳だったのに……」

彦助の顔がゆがんだ。その左手には短刀がある。

「大事なものを奪ってやる。これでおあいこだ」

震える手に力がこもったところで、剣次郎は駆け寄って声をかけた。

「よせ。手をおろすんだ」

「旦那」

「やめるんだ。その娘を離せ」

剣次郎が近づくと、彦助はさがった。小屋の壁にその背がぶつかる。

「殺したところで、なにも変わりはしない。もう娘は戻ってこない」

「わかっています。わかっていますよ。だけど、せめて、これぐらいのことはしないと報われない。先があったのに、すべて奪われて」

「駄目だ。彦助、駄目だ」

「旦那にはわかりませんよ。きれい事なんて聞きたくない」

「その娘を殺して、おまえは幸せになれるのか。違うだろう。おまえも、それはわかっているはずだ」

「なにもわかりませんよ。俺は……」

彦助は腕に力をこめた。短刀は娘に向いていたが、その切っ先は高く掲げられたままだった。彦助の表情が、ふたたび大きくゆがむ。

「畜生。どうして」

「この野郎。よくも裏切りやがったな」

勘三が横から飛びこんできて、襲いかかってきた。

「危ない」

「くそっ」

咄嗟《とっさ》に彦助は娘をかばって、勘三に背を向ける。

短刀の一撃が彦助をつらぬいて、悲鳴があがった。

「おめえ、よくも」

剣次郎は十手を抜いて、勘三に打ちかかる。

目を血走らせて小男は反撃に出るが、横にかわした剣次郎に首を打たれて、その場に倒れた。

「彦助、おい、しっかりしろ」

剣次郎は駆け寄って助け起こすも、彦助は目を閉じたまま、なにも答えようとはしなかった。

十一

剣次郎は大川の土手にあがると、吾妻橋方面へ足を向けた。

その足取りは遅い。わざとであるが、かたわらにいる男は気づいているだろうか。

「おかげで、片づいたよ。これで風見党が悪さをすることはない」

奉行所の急襲で、一味の主立った者が捕らえられ、逃亡した勘三も剣次郎が取り押さえた。

これで、江戸を騒がせた盗人一味は叩きのめされた。逃げた者はひとりもおらず、いまは全員が裁きを待つ身である。

「勘三は極刑だろうな。あれだけのことをしてはな」

「あっしも罰を受けるでしょうね。手を貸したんだから」

「まあ、普通に考えれば、そういうことになるな」

「覚悟はできていますよ」

応じたのは、彦助だ。脇腹を手で押さえているのは、刺された影響である。

あのとき、勘三の一撃を受けた彦助であるが、幸い手当が早かったこともあり、命を取りとめ、こうして剣次郎のかたわらを歩けるまでになった。

怪我が回復しても、彦助は牢屋には入らず、新町の長屋で養生していた。剣次郎と会うのは、ひさしぶりである。

「ねぐらの場所をたれこんだのは、おまえだろう」

剣次郎は静かに語りかける。春の心地よい風が、首筋を吹きぬける。

「一味が集まったところを狙ってのことだ。おかげで仕事がはかどったよ」

「なんのことですか。まったくわかりませんね」

「北本所の殺しもそうだ。調べてみたところ、あのふたりは盗みの手はずを整えていて、すぐにでも仕事にかかるつもりだった。止めていなければ、どこぞの店が襲われて、一家がすべて殺されていた。その前に手を打った」

「それも知りませんね」

「ついでに言えば、業平橋で俺と戦ったのもおまえだ。思いだしたよ。俺はおまえに剣術を教えていた。だから、十手の動きを覚えていて、あれができた」

剣次郎は笑った。あっさり十手が払われたのは驚きだったが、彦助が相手ならばしかたない。

「娘のことも知っていたのだろう。父親の勘三の悪行にすっかりと嫌気が差し、離れて暮らすつもりだった。逃がすのならばいまだと思って、おまえたちは一緒に動いていた」

娘は勘三にかわいがられてはいたが、その所業には耐えられず、逃げだす機会を狙っていた。彦助がかばってくれなかったら、自分も悪事に引っ張りこまれていたかもしれない。あとから、そのように語っていた。

「そんな仏心はありませんでしたよ。あっしは、あの娘を殺すつもりだったんですからね」

「だが、できなかった。いや、やらなかったんだよ」

彦助が風見党に加わったのは、内側から一味を破滅に追いこむためだ。

心から悪に染まったわけでなく、家族の無念を晴らそうという思いで行動していた。だから娘を殺さなかったし、風見党が町の者に迷惑をかけぬように、手を尽くした。

一味の話をまとめると、彦助が知恵袋として働いている間、風見党の動きは鈍っていた。それは、大仕掛けをするためという名目だったが、じつのところ、町の者を守るために彦助が狙った策だったのだろう。そのあたりは、娘も話をしてくれた。

的場も事情を知って、すっかりと彦助には同情していた。

「おまえは変わっていない。いつでもな」

そこで、剣次郎は腹を押さえて、膝をついた。

「い、いかん。腹が痛い。癪《しゃく》だ。これでは動けん」

「なんのことですか、旦那」

「走って逃げられたら追うことはできん。どうするか」

彦助は剣次郎を見おろすと、呆れたような息を吐いた。

「いまどき、そんな猿芝居、誰が本気にしますか。馬鹿ですか」

「なにを言うか。せっかく逃げる機会をやったのに」

「逃げて、どこに行くんですか。行き場所なんてありませんよ」

「どこかにあるさ。おまえを必要としてくれるところが」

「見当もつきませんね」

彦助が空を見あげる。その横顔を見たとき、剣次郎の脳裏に閃きが走った。

「そうか。だったら、俺の手下になれ。おまえならちょうどいい」

「なんですって」

「目端は利くし、人付き合いも達者だ。本所についてもくわしいからな」

気心が知れていて信頼できる。これほどふさわしい男はいない。

「どうだ」

「旦那の手下ですか」

彦助は横目で剣次郎を見ると、小さく笑った。それは彼ともっとも親しく、優しい時代だったときの表情だった。嘘はない。

「どうしますかねえ。旦那は頼りにならないからなあ。給金は安そうだ」

「俺だって、やるときにはやるさ。勘三も取り押さえて的場さんにも褒めてもらった」

「御奉行さまに言ってもらえるようじゃないとね。大丈夫かなあ、この人で」

「なんだ、こいつ、生意気だぞ」

「旦那こそ、世間知らずのくせに」

剣次郎が臂で小突くと、彦助も同じように返してくる。

ふたりは身体を寄せ、腕で押しあいながら、大川の土手を歩いていく。

梅の香りは、いつしか消えていた。

せつないが、それは一方で、春の訪れを意味する。静かに吹きつける温かい風は、土手を行くふたりをゆるやかに包んでいた。

第二話　悔　恨

一

和田新九郎《わだしんくろう》が十字路を曲がって、三ツ目橋から離れるのと、その背後で声があがるのは、ほぼ同時だった。鬱陶しい男の金切り声で、耳に飛びこんでくるだけで不愉快だ。

「ふざけるな。ぶつかってきたのは、そっちじゃねえか」

「前を見ねえで歩いているからだ。深川ならともかく、ここじゃ、そんなの通用しねえぞ」

「なんだと」

嫌々ながら振り向くと、長羽織《ながばおり》を引っかけた大男が睨みを利かせていた。

大男の羽織には富士山の刺繡が施されており、小袖の波模様と重なって、人の眼を惹いた。大ぶりな印籠《いんろう》もひどく目立つ。

彼に睨まれているのは、背の小さな男だった。棒縞の着流しで、一見したところ、目立たない格好だったが、袖や裾の長さが絶妙で、いかにも粋な風情を漂わせていた
小男は新九郎の知りあいで、藤吉《とうきち》という。

入江町の娼家《しょうか》に身を置く始末屋で、役に立つ男として知られていた。

大男は見たことがないが、話の内容から察するに、深川から来た男らしい。背後には、連れと思しき三人の男が控えていた。

「いいか。竪川《たてかわ》を渡ったこっち側は、本所の領分なんだよ。おまえたちのやりかたは通用しねえ。ほら、さっさと帰りな」

藤吉は手を振ると、大男の顔は真っ赤になった。

「なんだと。俺を深川表櫓の三四郎《さんしろう》と知ってのことか」

「知らねえよ、そんなの。おまえのような阿呆が粋がっているんじゃ、ろくなところじゃねえな」

三四郎は顔色を変えた。その手が懐に入る。

藤吉はひるまず、大男を睨みつける。

橋詰めに緊張が走る。棒手振は固唾《かたず》を呑んで見守り、子連れの夫婦はさりげなく子どもをかばいながら距離を置く。

日が陰り、冷えた風が竪川から吹きつけてくる。

三四郎は大きく息を吸った。そのまま藤吉との間合いを詰めるかと思われたが、肩を大きく揺すると、振り向き、三ツ目橋に向かった。

藤吉は小さく息を吐いた。

最悪の事態は避けられたかと、誰もが思ったそのとき、新九郎の背後で大きな声が響いた。

「なんだ、だらしがないな。深川衆はあおられて、そのまま引きさがるのか」

三四郎が足を止める。

「喧嘩上手と呼ばれた仲町《なかちょう》の春吉《はるきち》親分が聞いたら、なんと言うかね。ひどいものだな」

新九郎が振り向くと、白髪の渡世人が三四郎を睨みつけていた。

背は小さく、新九郎の肩までしかない。あばたの目立つ顔は真っ赤に染まっていて、相当に怒っていることが見てとれるのであるが、大きく見開いた目と重なると、おかしな雰囲気を作りだしてしまう。

あたかも、出来損ないの小鬼といった風情だ。

老人は大股で三四郎に歩み寄ると、下から睨みつけた。

「儂《わし》の名は義右衛門《ぎえもん》。そこの入江町で、五郎太殿のところに世話になっている」

「ふん。聞いたことのない名だな。下賤《げせん》のまとめ役か」

「生意気な口を叩くな。五郎太殿は入江町の顔役で、深川の仁吉《にきち》さんとも仲がよい。いったい、なにさまのつもりだ」

「その義右衛門殿が、なんの用か」

「喧嘩をふっかけておいて、かなわぬとみるや尻尾を巻いて逃げる。それが情けないと申しているのよ」

義右衛門は笑った。欠けた歯がむきだしになる。

「川を渡って本所に足を踏み入れたのだから、思いきり見栄を張って、その名をあげるつもりではなかったか。だらしのない。いまの深川衆は駄目だな。春吉親分のころには……」

「黙れ。この爺が」

三四郎は目を細めた。怒りで瞳は真っ赤だ。

誰もがよけいな揉め事を起こさぬように気を配っているのに、ここで逆にあおりたてるとは。これは、もう止まらない。

「だったら、やってみろ。儂の屍を超えて、本所の……」

言葉はそこで途切れた。三四郎が殴りつけたからだ。

義右衛門は横に跳んだ。ふらついたが、膝を突くことなく、立ちあがる。

その目が新九郎に向く。おまえの出番だぞ、と目で語っているのが腹立たしい。

視線に気づいたのか、三四郎も新九郎を睨みつけてきた。怒気に押されるかのように突き進んでくる。

都合が悪くなると、人に押しつける。それも、いつものやりかただ。

新九郎は肩に担いでいた六尺一寸の棒を右手に取ると、軽く振りまわした。

「どうして、こうなるかね」

二

新九郎が話し終えると、女が長火鉢の向こう側で大笑いした。

「そいつはいい。義右衛門の爺さんにあおられて、つまらぬ喧嘩をしたと。橋の近くで。馬鹿だねえ」

「ちよさん、その言い草はないだろう」

「だって、おかしいじゃないか。やる気もない喧嘩をさせられたうえに、祝杯だとか言われて酒を驕《おご》らされた。そこで財布を持っていないことに気づいたと。阿呆だね。馬鹿だねえ」

「言わないでくださいよ。迂闊だったとは思っているんですから」

「いいじゃないか。和田新九郎の間抜けぶりを本所に知らせることができてさ」

ちよは、入江町の顔役である五郎太の女房だ。普段はふらふら町を歩いている旦那に代わって、騒動があれば、事の次第を聞いて、丸くおさまるように仕向ける。

余所者《よそもの》が入ってくれば、配下の小物を送って周辺を調べるし、女の引き抜きがあれば、容赦なく迎え撃ち、相手が許しを請うても徹底的に叩きのめす。

本所に必要不可欠な世話人で、大の人気者でもある。ちよがひと声かければ、娼婦や下女、茶店の娘が百人は動くとさえ言われた。

この人が、新九郎の義理の母なのであるから、複雑だ。男衆も押さえこむほどの頭の回転と舌鋒《ぜっぽう》を見せつけられれば、沈黙するしかないときもある。

今日がまさにそうだった。

新九郎は吐息をつくと、煙管《キセル》に火をつけた。

「それで深川衆はどうなった？」

「落とし前はつけましたよ。藤吉とふたりで叩きのめしましたから、当分は来ないでしょう」

「町の者は巻きこまなかっただろうね」

「あたりまえです。よくしたもので、誰も近づいてきませんでしたよ」

素人に手を出すな、手を出させるな。この点は、五郎太とちよが繰り返して語っており、配下の男衆にも伝えている。彼らが仕切っているかぎりは、町の者が怪我することはほとんどなかった。

「それにしても深川衆、よく来るね。いったい、どういうつもりなんだか」

「怨みでも買いましたか」

「思いあたる節はないね。うちの人が顔役になってからは、深川とはうまくやってきた。挨拶も欠かさなかったし、人の行き来もちゃんとしていた。おかしくなったのは、去年の秋からだからね」

「連中から話は」

「ないね。使いを送っても梨の礫《つぶて》」

「町方は、なんと言っていますか」

「よくわからないね。ほら、おまえと仲のいい……矢野って言ったっけ。あの人が気にしていて調べているみたいだね」

「仲良しではありませんよ。ただ、話をするだけで」

矢野剣次郎とは、昨年、辻斬りを倒したときに共闘した。

それからも顔を合わせると、挨拶ぐらいはしているので、関係は良好だと思われているようだ。

まさか、ふたりが同じ将軍の血を引く兄弟とは考えていないだろう。

真実を知ったら、ちよはどう思うか。驚きはするだろうが、早々に現実を受け入れ、どのように利用できるか考えるかもしれない。彼女の気性は、新九郎がもっともよくわかっている。

将軍の血を引きながらも町に放りだされた男。

その事実を知っても、ちよはためらうことなく新九郎を引き取った。

将軍の子であることを示す流星剣を見せても、よく斬れそうだねとしか言わなかった。言わ猿の意匠を見て笑ったのを、いまでも覚えている。

肝っ玉の太さは折り紙付きだ。

「まあ、大事にならなければ、それでいいさ。詫びは入れてもらうけれどね」

「義右衛門の爺さまはどうします。あのままですか」

「しかたないさ。あの人は、先代の知りあいだからね。客分としてあずかっているから、とやかく言えないよ」

「どういう付き合いなんですか」

「よくわからないんだよ。あたしが嫁いできたときには、本所に住んでいた。もう二十年になる」

「たしか、六十を過ぎているんですよね。それにしては元気な」

「まあ、元気なのはいいことだよ。町をうろつくぶんにはかまわないんだけど、騒動を引き起こしてばかりだと困るねえ」

ちよは、ふっと煙草を吹かす。

「誰かひとこと、言ってやるといいんだけど」

露骨なあおりに、新九郎は顔をしかめた。

「お断りですよ。あの爺さま、私の話なんて聞きませんて」

「よく言うよ、本所の口車。あんたがその気になれば、爺さまひとりを操ることなんて、たやすかろうに」

「あまり、やりたくないなあ」

「無理にやれとは言わないよ。ただ、釘を刺しておかないと、どこにすっ飛んでいくかわからない。しっかりやっておくれよ。手を抜いたら、飯は抜きだ」

「子どもじゃないいんだから、そんなところで脅されてもね」

新九郎は立ちあがった。

「とりあえず、顔は合わせてきますよ」

「よろしく頼んだよ」

ちよはそれだけ言うと、帳面に目を落とした。ため息をつきながら、新九郎は煙草の臭いがこもった部屋をあとにした。

三

新九郎が長崎町の裏長屋にたどり着いたのは、二刻が経ってからだった。

入江町から目と鼻の先の場所なのに、強い通り雨のせいで時間がかかった。傘を持っていても濡れそうだったので、茶屋で時間を潰していたのだ。

雨が落ち着いたところで外に出ると、草木の濃い香りでむせかえりそうだった。

四月も終わりを迎え、町は新緑に包まれている。雨を浴びて、草木は力強い息吹を放ち、それが本所の津々浦々まで広がる。普段は気配を殺している長屋裏の笹ですら、水気を帯びた葉が甘い匂いを放つ。

草木の好きな江戸の民も顔をしかめるほどで、新九郎もつらく感じる。

長屋につながる路地に入ると、三毛の猫が視界に飛びこんできた。戸口の前で、丸くなって寝ており、新九郎が近づいても顔をあげることはない。

「あっ、新九郎の兄ちゃん」

長屋の子どもが彼を見て、声をかける。名を長吉《ちょうきち》といい、いつも元気に路地を走りまわっている。

「今日は、どうしたの？」

「ああ、爺さまに会いにな。それより、あいつ、まだいるんだな」

「タマだよね。うん。あそこを離れようとしないんだ」

長吉は三毛猫を見やった。その目には、わずかに哀しみがある。

「婆さんが亡くなってから、どのぐらいになる」

「三月《みつき》。もう帰ってこないのに。わからないのかな」

「さあな」

新九郎の視線は、長屋の戸口に移る。

かつて、そこには、みやという年寄りが住んでいた。年のころは六十ぐらいであっただろうか。小梅村《こうめむら》で暮らしていたが、問題を起こして、こちらに移り住んできた。

とにかく口うるさい女で、引っ越し初日から、あたしはあたしの好きようにやる、などと豪語し、新参で長屋の風習も知らぬのに文句をつけた。

野菜の洗い方から、井戸の使い方、便所の掃除、近所での買物まで、ありとあらゆることに口をはさみ、罵《ののし》った。

大工の女房は、引っ越したその日に、子どもの躾がなっていないと文句を言われ、それ以降は顔を合わせても横を向かれる始末だった。

金にもうるさく、少しでも釣り銭を間違えると、延々と文句を並べた。簞笥《たんす》の奥に金を隠してあり、引きだしを開けて数えていた。それが少しでも合わないと、長屋の誰かが盗ったと口うるさく騒ぎたてた。

二月《ふたつき》としないうちに、みやは長屋の嫌われ者となり、しばらくは面倒を見ていた差配も匙を投げた。罵りあいが二度、三度と繰り返され、魚売りは井戸を蹴飛ばして壊した。

店子《たなこ》の怒りが頂点に達したなか、近所の米屋が三毛猫の雄を連れてきた。緑町の一杯飯屋であまり物をやったら勝手についてきて、店に住み着くようになったらしい。困った米屋は、商いのについでに長屋に運びこみ、無理に押しつけたのである。

猫の身体は小さく、肉づきもよくなかった。鳴き声も小さく、足が悪かったため、俊敏に動けなかった。

気の毒に思った店子は、猫をタマと名づけ、長屋で飼うことにしたのだが、どういうわけかは住み処をみやの部屋の前に決めた。

桶の隙間に身体を突っこんで夜を過ごし、朝になると、戸口の前に座って、みやが出てくるのを待った。

昼にはどこかに出ていくのであるが、いつの間にか戻ってきて、戸口の前で丸くなって寝ていた。住民が餌を出しても、あまり食べず、戸口の前から動かなかった。

そんなタマを、みやは激しく叱りつけた。猫は大嫌いなんだと吠えて、箒《ほうき》を振るった。水をかけて追い払おうとしたこともあるし、犬をけしかけて長屋から叩きだそうとしたこともあった。

にもかかわらず、タマは同じ場所で寝起きした。みやが出てくるのを待った。いじめられるのがかわいそうで、長屋の者が自分の部屋に連れてきても、いつの間にか出ていって、戸口の前で待っていた。夕方になると、小さな声で鳴いて、食事を求めた。

みやは、タマを見るたびに、怒鳴った。それは、際限なく繰り返される日常の出来事であるかのように思われたが……。

ある雨の日、いつもと同じようにタマが戸口の前で待っていた。身体が濡れても、ぴくりとも動かず、戸が開くのを待っていた。

たまたま通りかかった新九郎が、屋根のあるところに連れていこうと思ったそのとき、戸が開いた。

みやが出てきて、タマを見た。その表情は、いつもと違っていた。

「そうか。おまえもひとりなんだね」

みやはかがむと、その頭を撫《な》でた。タマが頰をすり寄せてくると、小さく息をついて長屋に迎え入れた。

それ以来、みやとタマは、一緒に暮らすようになった。ときには、みやのおかずを奪って怒鳴られることもあったが、寝起きをともにし、板間で寄り添うように暮らした。

それとともに、みやの癇癪《かんしゃく》は幻のように消え去った。朝はきちんと挨拶し、井戸を使うときにも、ひと声かけるようになった。

横から口を出すときの口調も優しく、手を取って教えることもあった。怒鳴り散らしていた子どもにも、やわらかに接するようになり、タマと一緒に子守をする機会も出てきた。

静かに笑うみやを、長屋の店子は穏やかに受け入れた。大工の女房もみずから話しかけ、互いに声をあげて笑うようになった。

かつてない穏やかな生活がしばらく続いたある日、みやは死んだ。

朝になっても起きてこないので、気になった店子が見にいくと、すでに冷たくなっていた。

かたわらには、タマが寄り添って、静かに見おろしていた。

葬儀が終わり、部屋が空いても、タマは戸口の前で暮らしていた。住民が動かしても戻ってきてしまう。変わらず、ふたたび開くのを待っているかのように。

新九郎が歩み寄ると、タマは頭を足に押しつけてきた。喉を鳴らして、撫でるように要求する。

「もう、主は帰ってこないんだよ。それでも待つのかい」

タマは小さく鳴くと、戸口の前で丸くなった。いつもと同じように。

新九郎は小さく息をつくと、二軒隣の戸を叩いた。

「義右衛門さん。俺だ、新九郎だよ」

返事がないので、荒々しく叩き直すと、ようやく奥で人の気配がした。

「なんだ、朝っぱらから」

「もう正午を過ぎている。さっさと開けないと蹴破るよ」

「やめてくれ。この間、壊して、大家に叱られた」

建てつけの悪い戸が開くと、無精髭《ぶしょうひげ》を生やした義右衛門が出てきた。目つきがよくないところを見ると、寝ていたのかもしれない。

「なんの用だ」

「ちよさんからの言付けだよ。中味は察しがつくだろう」

「飯屋に行こう。気つけに一杯、やりたい」

「そうだね。いいところを知っている」

新九郎が連れていったのは、三笠町の『さかよ』という店だった。

近所の職人相手の店だったが、料理が凝っていて、訪れるたびに新鮮な驚きがある。酒もよいものがそろっていた。

義右衛門は先に立って、さっさとあがると、酒と小松菜の和え物を頼んだ。

「ほう、こりゃあいい。こんな店があるとはな」

「俺も教えてもらって知った」

「ほう。どこの女だ。かわいいか」

「川崎屋の女手代だよ。よかったら紹介するが」

「ああ、ありゃあ、駄目だ。気が強すぎる。おぬし、よくあんなのと付き合えるな」

「まあ、ちょっとした縁でね」

かすみとは、前から顔を合わせていたが、親しく話をするようになったのは昨年からだ。

強気なところは新九郎の好みだったが、まさか兄妹だとは思わなかった。あの流星剣を見ていなければ、いまでも信じていなかっただろう。

義右衛門がうまそうに熱燗を飲みはじめたところで、新九郎は語りかけた。

「さて、爺さま、話をしようか」

「よせ。酒がまずくなる」

「よけいな手出しをするのは、やめてくれないかな。面倒が増えて、困る」

「だらしのない。そんな覇気のないことで、どうする」

義右衛門は大きな目を開いて、新九郎を睨みつけた。

「儂が先代に拾われたころは、みな荒々しかった。喧嘩は毎日。竪川を越えて、深川に乗りこむこともあった。先代と春吉親分が戦ったときなぞ、子の刻からはじまって、夜が明けるまでやりあった。無論、儂も手を貸したぞ」

「その話は聞き飽きたよ」

先代、つまり五郎太の前に入江町の顔役だった男は、佐左ヱ門《さざえもん》と言い、もとは武家だったらしい。食い詰めて本所の片隅で暮らすようになり、そこで腕っ節の強さでのしあがって、ついには南本所の顔役として認められるようになった。

二十人を相手に勝ったとか、船上で深川の顔役を相手に戦ったといった伝説を数多く残している。

五郎太は、その佐左ヱ門に認められて、跡を継いだ。佐左ヱ門が死んだのは、十五年ほど前だったと聞く。

「槍《やり》を振りまわして戦ったんだろう。二、三人、突き刺したとか」

「おう。深川衆を、ばったばったと薙《な》ぎ払った。先代と背中合わせでな」

「そいつはけっこうだが、いまは時代が違う。無茶をすると、あちこちから睨まれるんでね」

「お上か。そんなものが怖くて、本所でやっていけるか」

義右衛門は徳利《とっくり》を高く掲げて、大声で笑った。愛嬌があり、こちらの気分も高揚してくるが、ここは流されるわけにはいかない。

「深川との争いが激しくなっていることは、わかっているだろう。つつけば、ぱっと火が燃えて、たちまち大喧嘩だ。五人や十人の争いじゃ済まない。町をあげての争いになっちまう」

「いいだろう。迎え撃てば」

「大事になって喜ぶのは、誰だと思う。町方だよ。これ幸いとばかりに、町の大掃除にかかるさ。いっせいにひっくくって、積もり積もった膿《うみ》をえぐりだそうとする。さすがに、それに乗るのは馬鹿馬鹿しい」

義右衛門は顔色を変えた。酒を呑む手が荒々しくなる。

「奴らにつけいる隙を与えちゃならない。いま五郎太さんが、向こうの顔役と話をしている。どこかで手打ちとなるから、それまで我慢だ」

「仕掛けているのは向こうだぞ。見過ごしていたら、舐《な》められる」

「舐めさせてやればいいさ。親分の意に反して、勝手に本所に乗りこんできているんだからな。どこかで仕置きされる」

「されなかったら、どうするんだ」

「そのときは、遠慮なく簀巻《すま》きにして、十間川に放りこむさ。勝手次第をやっているんだから、なにをしても向こうは文句を言うまい」

「そいつはいい。おもしろいな」

義右衛門は歯をむきだしにして笑う。つられて新九郎も笑う。手間ばかりかかるくそじじいだが、なんだか憎めない。

「爺さま、ちょっと聞いていいかい」

「女の話だったら、駄目だぞ。いま狙っているのがいるんだから」

「違う。爺さまについてだよ。生まれが江戸だって聞いたが、本当なのかい」

義右衛門は口を閉ざした。酒を呑む手も止まった。

「その話、どこから聞いた」

「さっき話した川崎屋の女手代」

「地獄耳という話は本当だな。いままで一度も言ったことがなかったのに」

「なら、本当なんだね」

「どこまで聞いた？」

「生まれが江戸ってところだけ。かすみも、それ以上は知らないらしい」

「そうか」

義右衛門は静かに酒をあおった。

「女手代の話は本当だ。生まれは芝。そこで二十五まで暮らした。若いころは、女にもてててな。朝と夜で寝ている家が違っていた。いや、昼も茶屋の二階で寝ていたな。見せてやりたかったな、おまえにも」

「なのに、どうして、こんなところに」

「いろいろとあったが、そこは聞くな。年を取ると、人にはどうすることもできない澱《おり》が溜まる。それを表に出すのは、あまり気持ちのよいものではない」

義右衛門らしくない口調に、新九郎は口を閉ざした。

彼が本所に姿を見せたのは、先代が深川と激しく抗争を繰り広げていたときと聞く。

ただ、往時を知っている者はほとんどおらず、どうして、義右衛門が客分として認められるようになったのか、よくわからない。腕っ節の強さを認められたということであるが、それも事実かどうか知らない。

気がついたときには、白髪の老人がえばり散らしていたわけで、じつのところ、それを快く思わない者も多い。若い衆には、彼に怒鳴られて、腹を立てている者もいる。

義右衛門の存在は、入江町《いりえちょう》の渡世人に微妙な対立を産みだしており、それに気づいたからこそ、ちよは新九郎を送りこんで話をさせたのである。

「なあ、爺さま、面倒なのはわかるが、腹を割って話してくれないか。このままだと、厄介なことになる」

「ふん。おおかた、若い連中が騒いでいるのだろう。まったく口先ばかりで」

そこで、義右衛門はぱっと立ちあがった。目を大きく見開いて、草履《ぞうり》も履かずに、店を飛びだした。

「おい、爺さま」

「なにをするか！」

突然の怒鳴り声に、周囲の空気が凍りつく。

新九郎があわてて店を飛びだすと、義右衛門がふたりの子どもを怒鳴りつけていた。子どもはいきなりのことに身体を竦《すく》ませ、涙ぐんでいる。

「おまえたちは、こんなもので」

義右衛門は、藁《わら》の玩具を踏みつけた。何度も、何度も。

たちまち、玩具は壊れて、散らばった。

子どもは大声で泣きだし、その場に座りこんだ。

義右衛門は眼を真っ赤にして、子どもに歩み寄ると、その腕を振りあげた。

「やめろ、爺さま」

新九郎は腕を押さえて、子どもから引き離す。

義右衛門は息を荒らげて新九郎を見たが、なにも言わず、腕を振り払うと、大股でその場から去った。

「なんだい、あれ。ひどい爺さまだね」

近所の女房と思しき女が、顔をしかめる。通りがかりの丁稚や手代も、厳しい眼で消えた義右衛門の先を見つめる。

新九郎は、彼が踏みつけた玩具を一瞥《いちべつ》すると、子どもたちに歩み寄った。

四

「おい。おまえの身内か。子どもを怒鳴りつけた爺さまっていうのは」

新九郎が声をかけられたのは、法恩寺橋《ほうおんじばし》を渡って、吉田町《よしだちょう》の表店《おもてだな》に差しかかったときだった。

空には雲が広がり、首の周囲には嫌な湿気がまとわりついていた。少し歩いただけで汗が滲《にじ》み出る季節を、新九郎は嫌っていた。今年は梅雨が早いらしく、この鬱陶しい日々が続くと思うと憂鬱になる。

「なんだ、旦那ですか」

黒羽織に黄八丈《きはちじょう》という、なんの工夫もない格好をしているのは、南町奉行所同心の矢野剣次郎だった。

新九郎より年上であるが、顔立ちが幼いこともあって若く見える。

縁があって、剣次郎とも話をするようになったのであるが、じつのところ、望んで絡みたい相手ではない。

兄貴だと思うと、なおさらどこか鬱陶しい。

将軍の血を引く者が、三人も同じ町にいるとは。しかも身分を隠して。

芝居にしたって、できすぎだと思わざるをえない。

剣次郎は、茶屋の縁台に座っていた。団子を食べ終えると、ゆっくり立ちあがって新九郎に話しかけてきた。

「爺さまってのは、義右衛門さんのことですかね。だったら、そうですよ」

「ここのところ、評判が悪いぜ。あっちこっちで怒鳴り散らして歩いているってな」

剣次郎は、新九郎と肩を並べて歩きはじめた。町の者がちらちらと横目で見るが、あまり気にしてはいないようだ。

「子どもの次は、若い女房だ。店先で片づけをしているところを、いきなり怒鳴られて騒ぎになった。亭主が出てきて文句をつけてくるありさまでな。割って入る奴がいなければ、喧嘩になっていた」

「それで次は、やくざ者同士の殴りあいですか。知ってますよ、そっちはね」

新九郎は荒々しく耳を撫でた。

「御米蔵の近くで、若い衆が爺さまに絡んで、喧嘩になった。数は若い連中が多かったが、舐めてかかったのか、逆に叩きのめされてしまった。腹を立てて、すぐに仲間に声をかけたら、入江町の始末屋が通りかかり、爺さまに手を貸して騒ぎになった。危うく町方にひっくくられそうになったんで、ちよさんが頭を抱えていましたよ」

「俺がいたら、間違いなく捕まえていたな。惜しいことをしたよ」

剣次郎は、横目で新九郎を見た。

「苛立っているな。そんなに面倒なことになっているのか」

「そんなことはありませんよ。私はいつもと変わらないです」

「耳を引っぱっていて、よく言う。気に入らないことがあるときの癖だな。それに、いつもより声の調子が高くて、舌っ足らずだ。俺に訊《き》かれたときも、答えるのが遅れた。気になっていなきゃ、そんな動きはしねえよ」

新九郎は顔をしかめた。

だから、本所の眼と話すのは嫌なのである。たちどころに本音が見抜かれてしまって、やりにくい。主導権を握って話をできないのが、新九郎には、なんとも腹立たしい。

「で、なにがそんなに、おまえを苛立たせているんだよ」

「そんなこと、旦那にはかかわりないでしょう」

「あるんだよ。本所と深川はいま揉めている。これ以上、騒動が大きくなったら、手をつけられねえ。些細なことでも、早いうちに押さえておかねえと、なにが起きるかわかったものじゃねえ」

剣次郎の表情は真剣だった。

短いが、それなりに深い付き合いを続けているうちに、新九郎はこの同心が意外に真面目であることがわかってきた。口では暇つぶしだよと言いながら、連日、見廻りを続け、本所の民がつまらぬ騒動に巻きこまれぬように気を配っている。

揉め事があると、手間がかかるとわかっていても率先して仲介に入る。

大店の主から飯屋の主、長屋の差配から棒手振や子どもまで、相手を選ばず声をかける。

どうして、ここまで役目に打ちこめるのか。それが気になって、新九郎は苦手でも剣次郎と話す機会を、できるだけ増やしていた。同じ血を引いているのに、あまりにも自分とは違いすぎるところが引っかかっていた。

「若い衆が騒いでいるんですよ。あの爺さまを、なんとかしてくれって。道端で説教されれば、沽券《こけん》にかかわりますからね」

「町の評判もよくないしな」

「やっぱり子ども相手に手をあげようとしたのが、うまくありませんでしたね。あれがすべての元凶ですよ」

「おまえさんは、あまり気にしていないようだな」

「なんですって」

「爺さまのことだ。まっすぐに俺を見て話をしたからな。かばっていることがわかる」

新九郎は苦笑した。まったく、この同心にはかなわない。

「ですね。ちょいと気になることがありまして。それがはっきりするまで、文句はつけまいと決めています。私はあの爺さまが好きなんですよ」

「同感だ。怒鳴られても腹が立たねえんだから、不思議だよな」

剣次郎は十手をまわしながら笑った。どこか、はにかんでいるかのような表情に、新九郎は彼が自分と同じ思いを抱いていることを感じとった。

話していて自然と気がゆるむのは、相手を兄だと思っているせいなのか。

「ああ、あと爺さまの件だがな、かすみがくわしいぞ。騒ぎになってから調べているようだ」

「まったく、あの娘は。どこへでも首を突っこみたがる」

かすみは腰が軽く、なにかあれば、自分から動いて話を聞きにいく。それがときとして大きな危険を招くのであるが、さして気にしていない。

「見ていてヒヤヒヤしますよ。この間なんて、色街にも顔を出したんですよ」

「危ないと思ったら、止めればいい。それぐらいできるだろう」

「私の言うことなんて、聞きませんよ。それこそ旦那に諭してもらわないと」

　兄貴の言うことならば聞くかもしれない、と言いかけて、新九郎は口をつぐんだ。往来で語る話ではないし、迂闊に剣次郎をつつくのもうまくない。

「話はこれで終わりだが、どうする。団子でも食っていくか」

「旦那……さっきも甘い物、食べていましたよね。胸焼けしませんか」

「いや、まったく」

　この人の腹はどうなっているのか。甘味だけ、別のところにおさまるのか。

　呆れた新九郎が視線を変えると、石原町に通じる通りを曲がって、派手な小袖の男が飛びだしてきた。見たことのある顔につい、声をかける。

「おい、藤吉」

「あ、新九郎の兄貴、ちょうどいいところに」

　藤吉が合図したので、新九郎は剣次郎から離れた。

「どうした」

「大変なんです。義右衛門の爺さまが……」

　続く言葉は、新九郎に衝撃を与えた。

五

新九郎が入江町の娼家に戻ったとき、かかわりのある者はすべて顔をそろえていた。五郎太、ちよ、若い衆がふたりに、さらには義右衛門である。

義右衛門は部屋の中央で、膝に手をついて悄然としていた。肩を落とす姿に違和感を覚える。

部屋の片隅に腰をおろすと、新九郎は話を切りだした。

「それで、本当なのかい。爺さまが深川衆を手にかけたっていうのは」

「ああ。間違いない。こいつらが見ている」

赤い着物の男がうなずいた。

男は八十助《やそすけ》といい、向こうっ気が強いことで知られる。喧嘩の際には先方を切って飛びこみ、血みどろになっても相手を殴り続ける。若い渡世人の間では、名前が知られていた。

一方、義右衛門との関係は悪く、勝手気ままに振る舞っていることを苦々しく思っていた。睨みあいになったことも、一度や二度ではない。

「どこだ」

「法恩寺の裏手ですよ。柳島村との境で」

「また面倒なところで。縄張りが定まっていないところじゃないか」

「だから、連中も手を出してきたんでしょうね」

「もう話は聞いているんですよね」

新九郎が見ると、五郎太はうなずいた。それだけで先は続けない。

沈黙が広がったので、見かねてちよが口をはさんできた。

「仕掛けてきた深川衆は十人。報恩寺裏手で騒ぎたてた。参拝客に因縁をつけて、金を巻きあげていた。見過ごせないから、八十助に行ってもらったら、もう義右衛門の爺さまが口をはさんでいたというわけさ」

ちよは義右衛門を見つめる。

「八十助がついたときには、爺さまは一方的にやられていてね。それでも退こうとしなかった。助けに入ろうとしたんだが、止められて。なにをしでかすのかと思っていたら、いきなり長脇差を抜いて、深川衆に襲いかかった。ひとりの腕をぶった切った。たしか右腕だったたね」

「さようです。姐さん」

「そうなりゃ、向こうも黙ってはいられない。長脇差を振るっての乱闘騒ぎよ。八十助も子分を率いて迎え撃った。おかげで、こちらは三人怪我。向こうは八人がやられて、ひとりは戸板で運ばれたという始末だよ」

「昼間からよくやる。さすがは爺さまだねえ」

新九郎は笑ったが、義右衛門の反応はなかった。

「おかげで、もう大変ですよ」

八十助は、義右衛門を睨みつけた。

「深川の春吉親分が怒鳴りこんできて、斬った相手を突きださなけりゃ帰らないと言いだして。なんでも斬られたのは、親分の甥っ子で、ずっとかわいがっていたようなんですよ。それが深傷を受けて、頭に血がのぼっていました。かばうようだったら、深川衆百人で攻めかかると申していました」

「冗談だろう」

「あの口調だと、今度は本気かもしれません」

「本所と深川で大合戦か。それはそれでおもしろそうだね」

新九郎は軽口を叩いたが、誰も笑わなかった。むしろ、空気は重くなった。

深刻な状況は理解できるが、それに押し潰されてしまってどうするのか。ちょや八十助が憂慮するのはわかるが、五郎太まで無言をつらぬくのは引っかかる。

「それで、どうするつもりなんですか。爺さまを突きだすんですか」

「身内を突きだすのは、嫌だね」

「いいじゃないですか。くれてやりましょうよ」

吠えたのは八十助だった。

「この爺さまに、どれだけ足を引っぱられたか。あちこちで口を出すから、やりにくくて、しかたなかったですよ。今度の話だって、爺さまが手を出さなければ、何事もなく済んでいたんですよ」

ちよは頭をかいた。口に出してなにも言わなかったのは、同じことを考えているからか。さすがに、新九郎は口をはさんだ。

「おまえ、軽く言うけれどね、ここで爺さまを突きだしたら、どうなるのかわかっているのかい。殺されるかもしれないんだよ。深川の連中、相当にいきりたっているからね」

「いいじゃないですか。自分の不始末は自分でつければ」

「八十助」

「でかい顔をして、えばり腐っているのが気に入らなかったんですよ。いったい、なにさまなんですか。たいして仕事もしないのに、口ばかり達者で」

八十助は立ちあがって、義右衛門を見おろした。

「先代のときからの客分って言いますけれどね、あっしは知っているんですよ。先代が入江町で見栄を張っていたころ、この爺さまは一緒じゃなかったってね。なんの手助けもしていなかったんですよ。現れたのは、死んだあとだって」

「おまえ、その話をどこで」

「言問の団子屋で、そこの親父がね。長いですからね、あそこ」

「本当なのかい、それは」

ちよが義右衛門に尋ねるが、返事はなかった。ただ、その肩は細かく震えている。

「あんた、どうなのさ」

五郎太に質問が向いたが、こちらも返事はなかった。

「答えられないのは、後ろめたいことがあるからでしょう」

八十助は吠えた。

「いいじゃないですか。それなら、とっとと突きだしてしまえば、べつにこんな奴、いなくたって、どうってことはありませんよ。あっしらだけでやっていけますぜ」

ちよは顔をしかめたまま、うつむいている。

新九郎もうまい反論が思いつかない。

義右衛門が先代と行動をともにしていなかったという話は、驚きだった。繰り返された先代の自慢話は、嘘だったということなのか。

だとすれば、義右衛門が入江町にとどまっている理由がわからない。

新九郎は、五郎太を見た。

ちよもいつしか視線を、自分の亭主に向けている。

「あんた……」

「爺さまは差しださない」

五郎太は重々しい声で語った。

「先代との約束だ。まだ、爺さまには役目がある」

「そんな、先代とは……」

八十助が語りはじめたところで、立ちあがったのは義右衛門だった。そのまま部屋を飛びだしていく。

五郎太に合図されて、新九郎は急ぎあとを追う。

義右衛門は娼家を飛びだすと、長崎橋を渡り、武家屋敷が立ち並ぶ一角に駆けこんでいく。その足は思いのほか速く、たちどころに見失ってしまった。

新九郎が左右を見まわしていると、不意に横から声をかけられた。

「もし、あなたはいま、走っていった人の知りあいで」

「ああ、そうだが」

「あの人は、もしや義右衛門さんではありませんか」

「知っているのか」

「はい。じつは……」

男は、身分と義右衛門とのかかわりを語ったが、それは、新九郎にあらたな驚きをもたらした。

六

新九郎は義右衛門の行方を追ったが、消えてしまった背中を見つけることはできなかった。あちこちで聞いてまわったが、反応は芳しくなかった。

その間にも、深川衆からの突きあげは続き、昨日は二十人の渡世人が長脇差を携えて、三ツ目橋の南詰に集結した。異様な雰囲気に、周囲の屋台がいっせいに逃げだしたほどで、町方も様子を見にきていた。

五郎太は子分を率いて橋の北側に陣取ったが、その数は五人だった。

斬りあいになってもおかしくない雰囲気だったが、幸い、深川衆が退いてくれたため、何事もなく終わった。

新九郎は焦っていた。

放っておけば、本所と深川で合戦になり、それは間違いなく、町の者を巻きこむだろう。そうなれば町方も動くはずで、本所の勢力地図が大きく変わる。

なんとか食い止めねばならなかったが、肝心の義右衛門がいなくては、どうすることもできない。

飛びまわるだけで、なにもできないことに、新九郎は苛立った。当たり散らすことも多く、何度も若い衆と衝突した。それがかえって、自分の不甲斐なさを感じさせて、鬱々としていた。

だからこそ、声をかけられたときには、思わず声を荒らげてしまった。

「なんだ。ぶった切られたいのかい」

「なんなの、その態度。うまくいっていないからって、あたるのはやめておくれ」

かすみが腕を組んで、新九郎を見つめていた。

「いつも持ちあげられて威勢がいいくせに、肝心なときにうだうだしてさ。女々しいったらありはしない」

「うるさいな。おまえになにがわかる」

「わかるよ。あんたがだらしないってことが。こんな奴と血がつながっているかと思うと、腹立たしいったらありゃしない」

重大な言葉に、新九郎は冷静さを取り戻して、周辺を見まわした。

彼らが顔を合わせているのは、石原町の北に広がる武家屋敷の一角であり、周囲に人の気配はなかった。初夏の日射しと濃い影だけが、広い道に刻みこまれている。

新九郎は息をついた。

「悪かった。かなりのぼせていたらしい」

「本当だよ。さっきから声をかけているのに、振り向きもしないでさ」

「考え事をしていてね。まったく、こんないい女に迫られて無視を決めこむなんて。落ちぶれるのもたいがいにしないとね」

「調子が戻ってきたようだね。そうでないと、こちらもやりにくい」

かすみは笑った。ほがらかな表情を見ていると、新九郎の気持ちもなごむ。

認めたくはないが、やはりかすみは特別だ。顔を合わせるだけで、気分がよい方向に変わる。女としての魅力はまるで感じていないのに、心優しい気持ちになる。

「悩む気持ちはわかるよ。義右衛門さんのことだよね」

「知っているのか」

「深川衆が来たのは、うちの近くだよ」

「気になって当然だな」

「それで、どうするの。若い衆は、突きだすって息巻いているけれど」

「かばうつもりはないよ。斬りつけたのなら、落とし前はつけてもらわないと」

新九郎は棒を肩に乗せた。

「ただ、どうして、長脇差を抜いたのかは気になる。ああ見えて、爺さまは物の道理をよく心得ていて、そこから外れるようなことはしない。斬りあいになれば、大騒動になるとわかっていたはずだ」

「刀を抜いたのは、それなりの理由《わけ》があるってことかい」

「話を聞いてみたい。その先のことはその先に考えるさ」

「それなら、話してもよさそうだね」

「まさか、知っているのか。爺さまの居場所を」

「なんで人通りの少ないところで、声をかけたと思っているのさ。普段のあんただったら、気づいているはずだよ。やっぱり、まだ鈍いか」

かすみは、新九郎に対しては厳しい物言いをする。口調もぞんざいだ。それは、親愛の情の証しであったが、新九郎は気づいておらず、かすみにも自覚はなかった。

「さすがは地獄耳だ。助かるぜ」

「ここだから、すぐに行って」

かすみは、書付を手渡した。

「義右衛門さんの身上についても書いてあるから」

「わかった。礼はそのうちに」

「いらない。あんたは変な物しか寄越さないから」

「この間の着物はよかっただろう。極上品を選んだつもりなんだが」

「古着問屋の女に着物を送るなんて、馬鹿にもほどがある。それに、あんな派手なやつ、誰が着るのさ」

おまえさんが着ればいいと言いかけたが、あえて口にしなかった。似合うと思って買ったが、あまり興味はなさそうだ。今日も地道ないでたちをしている。

手を振って別れようとしたところで、かすみが声をかけてきた。

「ちょっと待って。もうひとつ、言っておきたいことがある。深川衆のことで」

「なんだ」

「連中の動きがやけに早いから、気になって裏を探ってみた。そうしたら、妙な話を聞いてね」

「おまえはよけいなところに手を出して。旦那に叱られるぞ」

「いいから。深川の件、黒幕がいて、そいつが糸を引いているみたいなんだよ。で、そいつがね」

「どうした」

「黒幕は、自分は将軍さまのご落胤《らくいん》だって言っているって」

「なんだと」

新九郎は、先を続けることができなかった。

そんなことがありうるのか……。

七

かすみと別れて、新九郎は書付の場所に赴いた。本所の外れにある廃寺で、先だって殺しがあった小屋に近かった。

傾いた屋根と庇に、折れ曲がった柱を見れば、放置されてから、ずいぶんと時が経っていることがわかる。雨風をしのぐのも厳しいだろう。

新九郎は裏から本堂に入って、声をかけた。

「爺さま、いるんだろう」

返事はない。

腐りかけた板を踏み抜かないように気をつけて奥に入っていくと、板間で横になっている男が見えた。壁に空いた穴から日射しが差しこんで、白髪頭を照らしだしている。

「爺さま」

「よくここがわかったな」

義右衛門は、新九郎に背を向けたまま応じた。

「伝手があってね。たいした手間はかからなかったよ」

「抜かせ。七日もかけておいて、よく言うわ。いい隠れ家だろう」

「もう少し過ごしやすいといいんだけどねえ」

新九郎は腰をおろすと、穏やかに語りかけた。

「戻ろう。みな待っている」

「儂を突きだすためか。それは困る」

「話を聞くためだよ。五郎太さんも家から一歩も出ずに、帰るのを待っている」

「当代が……そいつは迷惑をかけたな」

義右衛門は身体を起こし、新九郎と向かいあうようにして座り直した。

「儂には先代との約束がある。本所を離れるわけにはいかん」

「そいつは、昔の爺さまとかかわりがあることなのかい」

新九郎は、先だってすれ違った男の話をした。素性や名前も含めて。

「そうかい。あの人が来ていたのかい」

「前に三ツ目橋で揉め事を起こしただろう。それを昔の爺さまを知っている女が見ていて、話をしたらしい。それで自分で確かめにきたというわけだ」

「そうか。これも縁だな」

「おおむね。事情はわかった。あれで間違いないんだね」

「昔の俺は最低だったよ」

義右衛門は、空の茶碗を差しだした。新九郎が手をあげてなにも持っていないことを示すと、おおげさに顔をしかめて、先を続けた。

「呑む、買う、打つはあたりまえ。気に食わない相手を見ては、喧嘩をふっかけて、いい気になっていた。腕っ節の強さには自信があったしな。芝の生まれであることは言ったな。まあ、あのあたりじゃ、儂の名前を知らない奴はいなかったよ。当事は本気で、江戸中に、その名を轟かせてやると思っていたが、それはとんでもない傲慢だった」

義右衛門はうなだれる。声も小さくなった。

「儂が火消しだったことは聞いたな」

「ああ。聞かせてもらったよ」

義右衛門は、若いころ、芝で臥煙《がえん》を生業としていた。

しかも纏持《まといも》ちという花形であり、火事場に最初に飛びこんで、屋根の上で纏を振るいながら指示を出していたようだ。ときには頭の代理として、現場のまとめ役を務めることもあった。

消口《けしくち》争いにも率先して加わり、別の纏持ちを引きずりおろして、火事場を横取りすることも珍しくなかった。

それで文句を言われなかったのは、黙らせるだけの実力を持っていたからだ。おそらく二十代なかばのことで、得意の絶頂だったころだろう。

「間違いだと知ったのは、すべてを失ってからだった。俺がほんの少しでも気を配っていれば、間に合っていたのに……つまらない見栄で、台無しにしてしまった。女房も娘も死なせずに済んだのに」

その日、芝では、二箇所で火事が発生し、吹き荒れていた大風にあおられて、たちまち燃え広がった。

町火消しが駆けつけたのであるが、増上寺《ぞうじょうじ》に近い火元では火勢が激しくなる一方で、近づくことができなかった。

そこに乗りこんでいったのが義右衛門の一団で、他の火消しを押しのけて火事場に入ろうとしたので、騒動になった。

両者が揉めているうちに、火事は広がり、結局、協力して消し止めることとなった。なんとか火がおさまったのは、半日後だった。

そのときには、もう一箇所の火事も消し止められていた。だが、彼らが揉めたことで、本来ならばその場に駆けつけるはずの火消しの到着が遅れてしまい、裏長屋が丸々焼け落ちることになった。

その火事に巻きこまれたのが、なんと、義右衛門の女房と娘だった。

女房は店子の避難を手伝っていたが、それで逃げ遅れ、崩れる屋根に押し潰される格好になった。五歳の娘は、どうしても母親のそばを離れようとせず、結果として巻きこまれた。

消火が遅れたのは、騒動があったことに加えて、義右衛門が動いていると知って、他の火消しが積極的に動こうとしなかったことがある。彼に怨みを抱いていた者たちが消極的になったことが、家族の死につながった。

すべてを知って、義右衛門は絶望した。少なくとも、そのように見えたと、彼に話をしてくれた者は語った。

「だから、俺は芝を離れた。死んでしまうつもりで、本所に来た。先代に会ったのは、そんなときだった」

ここから先の話は聞いていない。新九郎は、義右衛門の前で座り直した。

「先代は、俺の身の上になにがあったか知っていたよ。それで話を聞いてくれて、死んじゃあいけねえって言ってくれて、ひとつ、儂に頼み事をした。それが終わったら、死んでもいいって話だ。俺は受けた。先代が、本気で俺のことを考えているることがわかったからな」

「そのあとは、旅に出たのかい」

「ああ。先代が金をくれてな。上方へ行って、火消しの手伝いもしたよ。ようやく落ち着いて帰ってきたのが、十五年前で。まさか、もう先代が亡くなっているとは思わなかったよ。そういうわけだから、先代と会ったことはあるが、本所で肩を並べて渡世人たちと戦ったことはない。若い衆の言うことが正しいよ」

義右衛門は苦笑いを浮かべた。寂しげで、新九郎の心をえぐった。

「当代は、事情をよく知ったうえで、客分として迎え入れてくれた。だから、俺はいま出ていくわけにはいかねえ。約束はまだ果たしちゃいねえんだ」

「その約束っていうのは……」

新九郎の問いに、義右衛門はぽつりと答えた。

なるほど、そういうことか。先代は本当に、義右衛門の心情を見抜いていた。見事な采配だと、新九郎は感じた。

「だったら、その話をしないと。知っているのは五郎太さんだけだろう」

「まあな」

「ちよさんにも、若い衆にも言わないと。見る目が変わるぜ」

「いまさらって気もする」

「だからやるんだよ。爺さまみたいに苦労をしてきた男が、本音で語れば、きちんと思いは伝わる。みなはいまの爺さまがすべてだと思っているからこそ、本当は違うんだというところを見せてやらないと」

「俺みたいなやつの言葉でも届くのか」

「ちゃんと筋道を通して話せばな。子どものことにしたって、きちんと説けばよかった。あれは、火遊びをしていたからだろう」

藁の玩具を踏みつぶしたのは、火がついていて、それを子どもが振りまわしていたからだ。あとから新九郎は話を聞いて、真相を知った。

「深川衆をいきなり斬りつけたのもそうだ。あいつら、火をつけるつもりだったんだろう」

「俺の目の前でな。脅しのつもりだったんだろうが、さすがに許せなかった」

「そういうことだ。爺さまのしたことには理由《わけ》がある。それを知らせるべきだ」

新九郎は静かに語りかけた。

「すべて話していいんだ。つらかったならつらかったと言う。それで伝わるさ」

弱味を見せることは、共感を引きだすには最良の一手だ。敵にするのならばともかく、身内ならばまったく問題はない。

義右衛門は新九郎を見ていたが、やがてうなずいた。

「だったら、話してみるか」

「やってくれ」

「あいかわらず、おぬしは口がうまい。さすがは、本所の口車」

「ひどいな。思ったことをそのまま言っただけなのに」

ふたりは連れだって廃寺を出て、入江町に向かった。

変事に気づいたのは、北割下水を渡ってからだった。人の動きが激しい。

新九郎が棒手振に理由《わけ》を訪ねようとしたとき、武家屋敷の角を曲がって、かすみが姿を見せた。顔が真っ赤だ。

「大変だよ。長崎町の長屋が」

八

新九郎が長崎町に入ると、飛びこんできたのは火の塊だった。風に押されて左右に揺れる。あおられて跳ぶのは火の粉で、小鳥の群れを思わせる数の多さだ。

「火元は裏長屋か」

「危ねえ。表にも火がまわるぞ」

「火消しはどうした？　いつも威張り散らしているくせに」

「来ねえ。松坂町の小火にかかりきりだ。あっちは深川の連中もいるから」

住人の声が交錯する最中、裏長屋から店子が逃げだしてくる。

「おい、長吉」

子どもを見かけて、新九郎が声をかける。

「あ、新さん」

「無事か。ほかの連中は」

「みな逃げた。でも、母ちゃんが残って。あとタマが……」

「わかった。おまえは逃げろ。おい、爺さま、待て」

義右衛門が、裏木戸から長屋へ飛びこむ。その足取りに迷いはない。

新九郎があとを追うと、激しく炎をあげる裏長屋の情景が飛びこんできた。

半分が火に飲まれ、残りの半分にも炎の先端が伸びつつある。いまのところ焼けているのはひと棟だけであるが、すぐに隣の長屋も餌食となろう。

そこまで進んだらもう止まらない。長崎町のみならず、長岡町《ながおかちょう》やその隣の武家屋敷も被害をこうむるかもしれない。

「火を消せ。水を」

「そんなんじゃ間に合わねえ。町の衆を集めろ。叩き壊せ」

義右衛門が吠えて、燃えさかる長屋に向かった。庇に手をかけると、そのまま身体を持ちあげて、一気に屋根にのぼる。

驚くほどの速さと力で、普段の義右衛門とはまるで違う。

「壊せ。右の長屋だ。急げ」

「爺さま、おりろ。危ない」

「駄目だ。俺はこのときのために、ここで踏ん張るために生きてきたんだ」

新九郎は、先刻の話を思いだす。

先代と義右衛門の間には、約束があった。

それは、みずからの住み処が火事になったとき、それを食い止めること。住民を逃がし、町の者を指揮して、被害を最小限にとどめること。

そのために生きること。

女房と子どもを火に焼かれて失った義右衛門だからこそできる償いだ、と先代に諭され、その日が来るまで生き残るようにと約束させられた。同じことは繰り返すな、という台詞は、義右衛門の心に深く刻まれていた。

「今度は見捨てねえ。最後まで粘る」

「あっ、母ちゃん」

火に追われて、長吉の母親が逃げだしてきた。子どもの姿を見ると駆け寄り、しっかりと抱きしめる。

「タマが……」

鳴き声がして、長屋の入口から三毛猫が姿を見せたが、目の前は火の壁だ。このままでは危ないと見た新九郎が、熱波をかいくぐって駆け寄り、猫の身体を抱いた。

火の粉が顔に飛んできて、ひどく熱い。

無理に手で払って、長屋から離れると、新九郎はタマを長吉にあずけた。幸い、怪我はないようで、静かに長吉の胸に顔を寄せる。

「新九郎さん」

男の一団が路地に入ってきた。いずれも、刺股や鳶口を手にしている。

先頭に立つのは八十助で、水を頭から浴びて火事場に飛びこむ準備を整えている。

「向こうの長屋を壊せ。火がまわる」

義右衛門が指示をくだすと、八十助はうなずき、仲間を連れて、長屋を壊しにかかった。たちまち建物が倒れていく。

さらに義右衛門は指示を出し、井戸を使っての消火を命じた。

表店につながる一角で、まだ火がまわっていない。手を打てばまだ間に合うと読んだのだろう。

驚くほど義右衛門の判断は的確で、火事が大きく広がることはなかった。範囲は限定されて、少しずつ小さくなっていく。

見事だ。これが、本物の火消しか。

新九郎が顔をあげると、義右衛門が屋根の上で、さかんに腕を振っていた。

手にはなにもない。なにも持っていないのだが……。

見える。彼の手にある纏が。

力いっぱい、纏を振る義右衛門の姿が見えた。

たしかに、存在していた。

かたわらでは、長吉と母親が同じように、義右衛門を見ていた。

「やった。やったぞ、俺の勝ちだ」

義右衛門が吠える。

「やらせねえ。もう火には負けねえぞ」

「爺さま、屋根からおりろ。危ない」

小さくなった火が突然、広がって、義右衛門の背後に迫った。長屋の屋根が大きく傾いて、義右衛門は足を取られる。

「退かねえ。俺は退かねえぞ」

「逃げろ。そこにいては……」

「あっ！」

長吉が悲鳴をあげた瞬間、屋根が崩れて、義右衛門は長屋に呑みこまれた。

ひときわ大きくなった炎は、容赦なく建物を呑みこみ、強烈な熱波を新九郎に叩きつけた。

九

住民が片づけのため火事場に入るのを見て、新九郎は大通りに戻った。

空き地には焦げた材木や桶が一箇所に積みあげられていたが、その数は少ない。焼けて使いものにならなくなった家財も、目立つほどではなかった。

長崎町の火事は、結局、長屋がひと棟、焼けただけで済んだ。

表店も一部が被害を受けたが、建て直すほどではなく、すでに修繕を終えて商いを再開している。一時の火勢を考えれば、この程度で済んだのは幸いだった。

それなりの代償は払ったが。

十字路を曲がると、長吉と母親が裏路地から出てくるところだった。声をかけると、ふたりとも笑って話に応じた。

もともと、たいした物は持っていなかったので、家財を失っても気に病んでいる様子はない。

大家が代わりの長屋を手配してくれたので、住むところには困っていなかったが、長屋が再建されたら、できるだけ早く帰りたいと語っていた。

「タマが帰りたがっていて、困っちゃうんだ。昨日も、もうちょっとで出ていくところだった」

主の家は焼けても、魂魄《こんぱく》は残っているのだろうか。

ふたりと別れて少し歩くと、大工の夫婦が手を振ってきた。

表情は明るく、先々のことに目処が立ったことを素直に喜んでいた。

これも義右衛門のおかげだ。屋根にのぼり、見えない纏を振るって指示を出したからこそ、火事は最小限で済んだ。

新九郎が顔をかきながら長崎橋に向かうと、怒鳴り声が響いてきた。

「おい、そっちではない。焼けた跡を見にいくんだ。まっすぐ行け」

「今日は家で休むように言われただろう。この爺が」

「なんだと。まったく、いまどきの若い者は、礼儀を知らぬ。そこへ座れ。言って聞かせてやる」

「そんなことしたら、爺さまが動けなくなってしまうだろう」

新九郎が声をかけると、義右衛門が顔を向けた。

戸板に乗って、運ばれている。板を担いでいるのは、八十助と藤吉だった。

義右衛門は腕を布でつり、足にも添え木が縛りつけてあったが、眼光は燃えるような輝きを放っており、大笑いする姿にも精気があった。

屋根から落ちて火に飲まれたものの、崩れ方がよかったのか、義右衛門は無事に長屋から転がり出てきた。あわてて新九郎たちが駆け寄って引っぱりだしたのであるが、そのとき、三人が腕に火傷をした。

すぐに義右衛門は、入江町の娼家に運びこまれて手当を受けた。幸い、怪我は軽く、翌日にはすぐに戸板に乗って、町を駆けまわるようになった。

「毎日、この調子なんですよ。なんとかしてください、新九郎さん」

戸板を担いでいるのは、八十助だった。

新九郎から義右衛門の過去を訊き、そして火事場での働きぶりを見て、すっかり改心していたが、それでも連日、振りまわされて辟易《へきえき》としているようだった。

「口うるせえったらありゃあしない」

「なにを言うか。そんなことだから、深川衆につけこまれることになるのだ。いいか、儂が若いころにはな……」

「本所にはいなかっただろう。まったく、口だけは達者なんだから」

「はは。うまくやんなよ」

新九郎は手を振り、義右衛門に背を向ける。

声がしたが、なにを言っているのかはよくわからない。元気でありさえすれば、それでいいと思えた。

強い日射しが頭上から降りそそぐ。

一年でもっとも暑い季節は、目の前に迫っていた。

第三話　すれ違い

一

ようやく梅雨が明けて、澄んだ青空が広がった。

夏の太陽が中天で輝き、強烈な熱波を降りそそぐ。武家は陽光に根負けしたような顔で空を見あげ、町の下女も汗が止まらなくて気持ち悪いと嘆く。強い陽光からは逃げようはなく、江戸の町は熱気に包みこまれる。

かすみは、一年でもっとも日射しがきついこの季節が好きだった。

強い陽光から逃げようがなくなる日々には、どこか突き抜けた感覚があり、開き直って生活できる。

町の端々で、朝顔が咲きはじめるのも心地よい。人は暑さにさんざんに文句を言うが、なぜそこまで嘆くのか、彼女には理解できなかった。

青空の下をかすみが歩いていくと、三ツ目橋の手前で、見知った顔を見かけた。

ふたりで、ひとりは近くの茶屋の娘。もうひとりは、小間物屋の下女だった。

茶屋の娘が何事か言うと、下女は笑って手を振った。娘はうつむきながらも、なにかを下女に渡した。

それを見た瞬間、かすみの心は翳った。夏の日射しも、いくぶん弱まる。

「それじゃ、あずかっておくね」

下女はそれだけ言って立ち去り、残された娘はそれを無言で見送った。

「やよいちゃん」

かすみが声をかけると、娘が振り向いた。山吹色の着物が、夏の日射しによく映えている。

「あ、かすみさん。こんにちは」

「こんにちは。元気そうで、なによりだけど」

かすみは、下女が消えた先を見つめた。

「いまの山形屋のおかつだろう。まだ付き合いがあるのかい」

「ええ、まあ」

「なにか渡していたね。もしかしたらお金かい」

やよいがうつむいたので、かすみは大きく息を吐いた。

「あの子、まだあんたにたかっていたんだね。やめるように言ったのに」

「いえ、私が勝手にしていることで。おかつちゃんは悪くないんです」

「話を持ちかけてきたのは向こうでしょ。言わなければ、あんただってお金を渡さなかったはず。正直、あの子、いい評判を聞かないよ」

おかつは緑町の小間物屋で働く下女で、今年で十六になる。

奉公にあがった当初は真面目だったが、いまは男に夢中で、昼間から店を抜けだしては、両国の盛り場や回向院の参道に出向いている。

男と連れだって大川端を歩いているところも見かけられており、この間も店主に叱られたばかりだった。

「今日も遊びの金をたかったんだろう。どうしようもない」

「あの、おかつちゃんは……」

「ビシッと言わなきゃ駄目だよ。なんなら、あたしが手を貸すよ」

「いえ、あの、いいんです。あたしは大丈夫ですから」

やよいは笑った。無理していることがわかって、かすみの心はざわついた。

「おかつちゃんは、あたしと生国《しょうごく》が一緒で、同じころに江戸に出てきました。知りあってから七年の間、半月に一度は顔を合わせて、励ましあってやってきたんです。前の勤め先だった古着屋が駄目になって、いまの茶屋に移ったときにも、いろいろと面倒を見てくれて。おかつちゃんがいなければ、あたし、駄目になっていたと思います」

「妙な男につきまとわれたときには、追い払ってくれたんだっけ」

「茶屋の客には、いろいろな人がいますから。よけいなことを言って怒らせて、その人に襲われそうになって。おかつちゃんがつきっきりで守ってくれなかったら、どうなっていたかわかりません」

「だからって、大事なお金を。あんたが一生懸命、貯めてきたんだろう」

「いいんです。あたしはなんとかやっていけますから」

　やよいは胸の前で手を組んだ
「いい人もいません。だからせめて、おかつちゃんが幸せになってくれればそれで」

「言いたいことはわかるけれどね」

「ひとりぐらい、おかつちゃんのことを信じてあげないと。かわいそうです」

　やよいの振る舞いは普段と変わらないが、本音はどうなのか。

これが剣次郎だったら、たちどころに真相を見抜いて、この先どうすればいいのかを示唆《しさ》するだろう。

その能力がないことが、かすみは悔しかった。地獄耳とは言われているが、役に立たないことが多すぎる。

やよいが一礼して店に戻っていくと、かすみは竪川に沿ってくだった。頭から水を浴びて荷揚げをする人夫を横目に見ながら、本所花町《はなまち》までたどり着くと、知った顔が河岸で男と話をしていた。

「おときさん」

かすみが声をかけると、二十代なかばの女が顔をあげた。きっちり髪を島田に結いあげ、濃茶の小袖を身にまとっている。化粧はおさえめだが、細い目と小さな口はしっかりと強調されていて、人の眼を惹きつける。

すらりとした体型にも見とれてしまう。

「ああ、かすみちゃん、ひさしぶりね」

おときは、話し相手の男に何事か言うと、かすみに歩み寄ってきた。浮かべた笑みには、これまでにない落ち着きがある。

「変わりましたね。別人かと思いましたよ」

「なんだい。嫁いで老けたって言いたいのかい」

「そうじゃありませんよ。落ち着きが出て、なにをするにも余裕があるように見えて。実家で騒いでいたころが、嘘みたいですよ」

「言うね。まあ、なんだかんだ言っても、名のある店に嫁いだからね。ちょっとは落ち着いてみせないと。娘のときと同じわけにはいかないよ」

「すごい。あのころのおときさんに聞かせてやりたい」

「生意気を言うんじゃないよ。おまえさんだって店に嫁いでみればわかるよ」

おときは、老舗の古着屋、川田屋の女房だ。去年の秋、主である勝五《しょうご》のもとに嫁いで、いまは一緒に店を切り盛りしている。

川田屋はかすみとも付き合いのある店で、勝五とも話をしたことがあった。

今年で二十九になる勝五はすらりとした顔立ちと、古着をみすぼらしく見せない粋な着こなしで評判だった。気さくな性格で、若いころから女に好かれ、大店の娘が惚れこんで嫁にしてほしいと乗りこんできたこともあったらしい。

おときは、勝五の後添えとして、昨年秋、川田屋に輿入れした。

話を聞いて、かすみは驚いたが、なにより動揺したのはおときだろう。納得してのことだとは思うが、本心はわからない。

「忙しいねえ。古着屋の女房がこんなに大変だとは思わなかったよ」

「川田屋さんは大きいので。行商からの成りあがりとは違いますよ」

「でも、こんなにあちこち出歩くことになるなんてさ。そういえば、あんたのところはどう。上方から出物があったって話じゃない」

「白木屋さんの件ですか。三日前に話があって、今日は旦那さまが話をまとめに出かけていますよ」

「知らなかった。もう、そんなことになっているなんて」

ときは身を乗りだしてきた。目尻のあたりがわずかにゆがむ。

「ねえ。その話、まとまったら、あたしに知らせて。ここのところ、いい品物が入ってこなくて困っているのよ」

「それは、旦那さまに聞かないと。あたし、下女みたいなものですから」

「なにを言っているのよ。着物合戦の仕掛け人が。本所どころか、深川の古着屋でも評判だったんだから」

「あれは、たまたまで」

かすみは、昨年に縁があって、ある古着屋を救うために、本所で大商いを仕掛けた。

巷では着物合戦と呼ばれ、町民のみならず武家の間でも話題にのぼった。

かすみは、自分がかかわっていることを隠していたが、いつしか古着屋界隈で知られ、町の者にも噂されるようになった。この間も町を歩いていたら、大店の主に着物合戦の顚末について問われ、あわてて逃げださねばならなかった。

ただでさえ、背が高くて目立つのが嫌なのに、つまらないところで話題になってしまい、かすみは困惑していた。ここのところ髪を低く結っているのも、少しでも目立たないようにするための心配りだった。

「その話は勘弁してください」

「そう。あたしが仕掛け人だったら、思いきり自慢しちゃうけれどな。それで店に客を集めて大儲けよ」

「おときさんは、前に茶店を仕切っていたぐらいだから、そんなことが言えるんですよ。とにかく目立ちたくないんです」

「あんたぐらい美人だったら、ただ歩いていても眼を惹くよ。店をやっているころに、あんたと会いたかったわ」

「そういえば茶店はやらないんですか。もう一度やるって、息巻いていたのに」

「あれはね。もう無理。さすがに人さまの女房となってはね」

おときは笑った。表情は明るかったが、それは無理して作ったものだ。剣次郎から聞いていた。顔の右側に笑みが寄ったら、それは偽物だと。笑いはじめは遅く、終わるときも不自然になると。

おときの表情は、まさに指摘どおりだった。

思いきって本音を尋ねてみるか迷ったところで、おときはさっと離れた。

「それじゃあ、今日はここで。旦那さまが待っているから。また話をさせてね」

おときは河岸から離れて、裏道に消えた。その足取りも不自然なまでに速かった。

二

「そう。おときさんと会ったの」

やわらかい声には、いつもより張りがあるように思われる。無理していないのに、しっかりと聞き取ることができる。

縁側に座る姿も、背が伸びていて美しい。かすみには決してない清楚な空気を身にまとっている。かすみの憧れであり、感動と、ほんの少しの嫉妬を覚える。

あきは、川崎屋の主人・善右衛門《ぜんえもん》の女房で、かすみにとって尽くす相手であり、頼りになる相談役でもあった。

聡明な人物で、その優しい言葉に多くの示唆がこもっている。何度、救われたかわからない。できることなら下女となって日々の世話をしたいのであるが、川崎屋の事情がそれを許さなかった。

今日のあきは、珍しく着替えて、縁側に腰をおろしていた。

何年も体調が悪く、去年の冬は寝たきりであったが、ようやく春になって具合がよくなり、こうして縁側に出て、町の情景を楽しむようになった。

「元気そうでなによりね」

「はい。ただ、雰囲気が変わっていて、気づくのに時間がかかってしまいました」

「やんちゃだったものね。あの人」

「すごかったですね。若いころはとくに」

おときは本所林町《はやしちょう》の油問屋伊勢屋の娘で、かすみがその存在を知ったときから、お転婆娘として有名だった。

口が達者で、相手が男であっても間違っていると思えば堂々と文句をつける。

相手が手を出してくれば、かたわらの棒で殴り返す。闇討ちにあったときには、短刀で迎え撃ったという噂も流れたぐらいだ。

仕事にも熱心で、伊勢屋の仕事を手伝っただけではなく、三年前には回向院の近くで茶屋を開き、話題を集めた。

女でもひとりで安心して休むことができるという狙いで、一時はかなり流行ったが、一年前に閉めてしまった。

「熱気が身体からあふれていましたよ。あたしなんて、猫背だから、何度、背中を叩かれたかわかりません。しっかりしなさいって言われて」

「それは、かすみちゃんが目立たないようにしているからでしょ。もっと、胸を張って歩いていればいいのよ」

「嫌なんですよ、そういうの」

「いつも遠慮ばっかり」

「そのおときさんが、すっかり落ち着いていて。嫁入りすると、女は変わるのですね」

「それだけじゃないことは、かすみちゃんもわかっているでしょう」

あきはかすみを見た。わずかに声が低くなる。

「あの嫁入りは、いろいろと事情があってのことだから」

「そうですね」

四年前に一度、結婚した川田屋の勝五が、半年前にふたたび結婚することになったのは、前の女房と死別したという理由があってのことだ。

それだけなら珍しいことではないが、その死んだ女房がときの妹であったことから、大きな騒ぎになった。

川田屋は老舗だったが、競合する古着屋に押されて、かなり前から商売が行き詰まっていた。五年前に武家相手の商売にしくじったのが原因で、取引先が一気に逃げだし、資金繰りに困っていた。

そこで、泣きついたのが、遠縁の伊勢屋だった。当時の主人は恥も外聞も捨てて、借金を頼みにいったらしい。

不憫《ふびん》に思ったのか、伊勢屋の主人は川田屋の申し出を受け入れたが、そのときに、娘のおえいを勝五の嫁に出すことを条件とした。おえいは身体が弱くて、十八になっても嫁のもらい手がなく、裕福な伊勢屋も困っていた。

川田屋の主人は迷ったが、結局は受け入れることを決めた。おえいの人となりがよく、川田屋の女房に気に入られたのに加えて、勝五が結婚に対して、明確に反対しなかったためだ。

嫁入り後、おえいはつつがなく川田屋で暮らしていたが、一年前、流行病《はやりやまい》で、呆気なく亡くなってしまった。

本来なら、ここで縁は切れてしまうはずだったが、店の建て直しが終わっていない川田屋は、ふたたびつながりを求めた。

それが、勝五とときの結婚である。

川田屋は、異様なまでにふたりを結びつけることにこだわった。

話を聞いて伊勢屋の主人は、さすがに迷った。妹が死んだあとの同じ家に、姉を嫁として入れるのは不憫に思えたのだろう。

しかし、ときのやんちゃぶりがおさまらないのを見て、結局は話を受け入れた。放っておけば、なにをしでかすかわからず、もらい手があるうちに押しこんでしまおう、という判断だった。理屈もなにもなかった。

ときがなにも言わなかったのは、両家の事情を把握していたからだろう。突然の話を素直に受け入れて、川田屋に輿入れした。

それが半年前で、心労がたたったのか、川田屋の主人は嫁入りの件が一段落すると、体調を崩し、それを機に勝五が主人となって、古着の仕入れから売買までを一手に取り仕切るようになった。

「ひどい話ですよね。妹が亡くなったから、すぐに姉を迎え入れるなんて」

「あら、後添いが身内なんて、珍しくないわよ。角の木曾屋さんは、旦那さんが亡くなって、そのあとに弟さんが入ったでしょう。松坂町の大和屋さんだって、そう」

「それはわかっているんですが」

かすみは、割りきることができなかった。

家のためとあれば、すぐに気持ちを切り替えられるのか。

「あたしが子どもなんですかね」

「あら、そんなことないわ。気持ちはよくわかる。旦那さまに万が一のことがあったら、あたしは髪をおろすもの」

あきは澄んだ笑顔を浮かべた。

「あ、でも旦那さまはわからないかな。あたしがいなくなったら、誰か別の人を探す……」

あきは、そこで咳きこんだ。息を吸いこむときの音が異様で、かすみはあわててその背中をさすった。

「あきさま」

「大丈夫よ、かすみちゃん、大丈夫だから」

「奥に行きましょう。休まないと」

「平気。しばらく、このままで」

「けれど、また具合が悪くなったら」

「大丈夫だから」

あきは、かすみの腕をつかんだ。それは驚くほど強く、骨が折れるのではと思うぐらいの力がこもっていた。

「横になんてならない。せっかく具合がよくなって、外に出られるかもしれないのに。こんなことで負けたくない」

「あきさま……」

「出かけるんだから。旦那さまと花見に行くんだから。かすみちゃんとお団子を食べるんだから」

あきは寝てばかりで、奥向きで主人を助けることができない自分をひどく不甲斐ないと思っていた。子どもを作ることも、仕事の手伝いもできない、とかすみは何度も愚痴を聞かされていた。

見る者が見れば、あきが川崎屋を支える大事な柱なのだとわかる。物事を的確にとらえ、正しい判断をくだしているからこそ、店はうまくまわっていた。店の者で、あきのことを悪く言う者はいない。

それでも気にしてしまうのは、具合が悪くなる一方だからか。

呼吸が落ち着いてきたのを見計らって、かすみは寝所から羽織を持ってきて、あきの肩にかけた。

「ありがとう、かすみちゃん。だいぶよくなった」

「無理はしないでください。養生していれば、すぐ遊びにいけますよ」

「だといいけれど」

「行けますとも。どうしてもつらいようでしたら、私がおぶって連れだします。飛鳥山《あすかやま》でも御殿山《ごてんやま》でも、好きなところに行きましょう」

「それはいいわね。かすみちゃん、大きいからつかまるのは楽ね」

あきは笑ったが、その表情には陰りがあった。

かすみは自然と、あきの手を取っていた。不自然なまでに力をこめる。

「元気でいてくださいね、あきさま。ちゃんと面倒を見ますから」

「うん。期待している。これからもよろしくね。あ、ちゃんと手代としての仕事はこなしてね。かすみちゃんが手を抜くと、店が潰れちゃうから」

「そんな話、番頭さんが聞いたら泣きますよ」

かすみは笑った。ようやく心に余裕が出てきた。つらいのはあきのはずなのに、かえって励まされる自分が情けなかった。

「おときさんのこと、少し気にかけてもいいかも」

あきがぽつりと言った。

「川田屋さんは、まだ立ち直ったとは言えない。勝五さんも店の人も、一生懸命に仕事をしている。だから、ときさんもがんばっているのでしょうけれど、無理して自分を押さえるのはあまりよくない。どこかでおかしなことになる」

かすみは、以前のおときを知っているだけに、あの日の穏やかな振る舞いが気になっていた。もっと自分を出してもいいと思うのだが。遠慮しているとすれば、どこかで問題が出てくるかもしれない。

「あきさま、戻りましょう。雨が降りそうです」

かすみが空を見あげると、東に灰色の雲が姿を見せていた。湿った風も押し寄せてきており、いつ夕立が来てもおかしくない。

ひどくならなければいいが。かすみはあきの肩を抱きながら漠然と思った。

三

「それじゃあ、よろしくお願いしますね」

かすみは風呂敷を抱えると、裏木戸を出た。細い路地を抜けていくと、頭上から強い日射しが照りつけてくる。

六月もなかばを過ぎれば夏本番であり、道に刻みこまれる影は驚くほど濃い。連日の日照りで江戸の民はうんざりしているようだったが、かすみはまったく気にしていなかった。むしろ、これからだという気持ちがあふれている。

かすみは、番頭の誠仁《せいじ》から頼まれた仕事を片づけて、気分が高揚していた。価格の交渉で、複雑な駆け引きが必要だったが、なんとかやり遂げ、川崎屋に有利な形でまとめることができた。

誠仁の下準備は完璧で、かすみは用意した手札を繰りだすだけでよかったが、それでも老練《ろうれん》の古着問屋を相手に交渉するのは大変だった。

少し隙を見せれば、たちまち食いついてきて、不利な条件を出される。

決裂覚悟の話しあいには、血が沸きたつような興奮を覚えた。

仕事の余韻は強く残っていて、それがあったからこそ、かすみは声をかけられたとき、いつもより高い声で反応してしまった。

「ああ、和田新九郎か。元気そうだねえ」

新九郎は驚いて目を丸くした。

「どうした、かすみちゃん。口元をゆるめてさ。いいことでもあったのかい」

「……べつに、普段のあたしと同じだよ」

「よく言う。いつもは睨みつけるような目で見てくるくせにさ。話してみなよ、なにがあったのか」

口車に乗せられて、かすみは今日の交渉について語った。

「そんな仕事がまかされるようになったんだ。自分は商売に向いていないとか言っていたのに」

「人前に出るのは、いまだって嫌だよ。けれど、やってみると案外、おもしろかったってこと。おかしいかい」

「いや、べつに。楽しいのなら、それでいいんじゃないか」

からかうような口調が引っかかったものの、かすみは問いただすことはしなかった。

「それより、なんなのさ。声をかけてきて」

「ああ、川田屋について、聞きたいことがあってね。あそこ、大丈夫なのか」

「どういうこと？」

新九郎は、川田屋の古着は質がいまいちで使い物にならないと語った。

見た目はよくても、生地は傷んでおり、裏地にはほつれが目立つ。普段着を頼んだのに、派手な着物を小僧が持ってきて困惑したこともあったようだ。

「そんな。あの店、女物には強いのに」

「おまえさんがそう言ったから、試してみたんだ。けれど、このありさまだからな。正直、この先の付き合いは考えていかないと」

「わかった。向こうに聞いてみるよ。ほかに気になったことは」

新九郎は、段取りの悪さを指摘した。

申し入れに対する返事は遅く、見当違い。荷物を引き取りに出向いてみれば、準備ができていないこともある。逆に、予定よりも三日も早く品物が届けられ、しかも違う品だったこともあった。

「驚いた。そんなことになっているなんて」

「おかしなことになっているようだな、あの店」

「助かったよ、教えてくれて。少し調べてみるよ」

新九郎以外の知りあいにも、川田屋を紹介していた。もしかしたら、なにか面倒を起こしているかもしれない。

「地獄耳でも聞き漏らすことがあるとは、驚きだな」

またもや新九郎にからかわれて、かすみは顔をしかめた。

「あたしだって、本所のすべてを知っているわけじゃない。わからないことなんて腐るほどあるさ」

「そうだろう、そうだろう。恋の話なんて、まったく聞いちゃいないものね」

新九郎は笑った。

「三崎屋の若旦那が、日本橋の大店の娘とくっついた話。有名だったのに、まったく知らなかったものねえ。驚いたよ。あまりの初心さに」

「どうでもいい話だったからだよ。あたしは自分の知りたいことだけ知る」

男と女の話は、どうにも好きになれなかった。べつに誰が誰とくっついてもいいと思っているせいか、まるで心が動かない。

川崎屋の下女が、近所の色男を見て騒ぎたてているのを見ると、さながら異なる世界に住む妖怪を見るような気分になった。馴染めない自分に心がささくれだち、つい嫌味のひとこともつぶやきそうになる。

苛立ったかすみは、顔をそむけた。

「話はそれで終わりかい。だったら、帰るよ」

「川田屋の件は、調べてくれるんだろう。なら、いいよ」

「悪いが、そうはいかねえ。少し話がある」

小さいのに、強い意志を感じさせる声が響いてきて、かすみは視線を向けた。人のいない屋台の陰から、剣次郎が姿を見せた。

「これは、旦那。いつの間に」

「ちょっと前に見かけてな。話が終わるまで待っていた」

新九郎の言葉に、剣次郎は小さく笑って応じた。

「立ち聞きとは感心しませんね。いきなりひっくくられてはかなわない」

「町のことにはかかわらねえよ。川田屋のこともおまえたちの話だしな」

「そんな旦那が話しかけてきたってことは、大事な用があってのことですか」

かすみは距離を取って話しかけた。自然と胸の前で腕を組んでしまう。

三人で会うのは、去年、辻斬りの騒動が片づいて甘味処に赴いたとき以来だ。

口が曲がりそうなぐらい甘い団子を食べさせられて、辟易したのを覚えている。

個々に顔を合わせることはあっても、三人がそろうことは滅多にない。顔を合わせていても楽しい間柄ではないのだから、自然とそのようになる。

「ちょっと付き合え。そこの団子屋で話をしよう」

「嫌ですよ」

「大事な話があるんだよ」

「違いますよ。旦那のことだから、また甘さたっぷりの店でしょう。そういうの、やめてほしいんで」

「そこの屋台にしましょう。蕎麦なら、私もいけますよ」

新九郎の提案に剣次郎はうなったが、それでもふたりを伴って、屋台に向かった。

話をはじめたのは蕎麦を食べ終わって、屋台の主に金を渡し、ちょっと離れていてほしいと言ってからだ。

「うまかったが、やはりそこの黄粉団子には負けるな。味わいが足りねえ」

「まったく、どういう舌をしているんだか。一度、ちょん切って見てみたいものですね」

「おまえの口車には負けるよ。舌の速さなら、噺家《はなしか》といい勝負だ」

「あの、そんな話をするために、あたしたちを呼びとめたんですか。大事な用って言ってましたよね」

かすみが割って入ると、剣次郎は首を指でかいた。

「そう。おまえたちに言っておきたいことがあるんだ。四人目のことだよ」

「四人目って、もしかして……」

「そうだ。深川で噂になっている奴だよ。俺たち三人に加えて、もうひとり、出てきた。だから四人目だ」

その話は夏前に聞いていた。深川で暴れている連中がいて、彼らをまとめあげているのが武家であると。その人物は将軍の落とし胤であると口にしていて、取り巻きは殿として敬っているとのことだった。

気になったかすみは、新九郎と剣次郎には個別に話をしていた。

「それがなにか」

「噂は本当だった。深川には四人目がいて、荒くれ者をまとめあげている」

「それ、胡散くさくないですか。天一坊の一件もありますからね。安易に信じるのはどうかと思いますよ」

新九郎がしたり顔で言ったので、かすみは訊ねた。

「天一坊ってなにさ」

「知らねえのか。前にいたんだよ。将軍さまのご落胤と触れまわって、浪人を集めていた奴がな」

かすみの問いに応じたのは、剣次郎だった。

「結局、ばれて、獄門になったがな」

「それと同じじゃないですか。なにせ決め手がない」

「あるんだよ、それが」

剣次郎は大きく息をついた。

「そいつは、父親から賜った小刀を持っているんだが、その柄に、猿の意匠が施されているとのことだ。どうも、それは三猿らしい」

「流星剣ってことですか」

「そうだ」

かすみは息を呑み、袖から小刀を取りだす。

小刀は黒塗りの鞘に収められていて、柄には耳をおさえた猿の姿がある。将軍家斉から託された品物であり、縁者しか持っていない特別な一品だ。

三人が兄弟であるとわかったのは、全員がこの剣を持っていたからだ。

「たまたま重なっただけということもありうる。だが、将軍の子を名乗っていて、しかも、そいつがこいつと同じ小刀を持っていたとなれば、笑い飛ばすことはできねえ」

「本物であるかもしれないんですね」

「疑う価値はあると思うぜ。かすみ。なんせ、俺たちの親父は獣だからな。のべつまくなしに種をばらまいている。そのうちのひとりが、深川で息巻いていてもおかしくねえ」

「そいつの名前は」

「青山長四郎《あおやまちょうしろう》。それらしい名前だと思わねえか」

「迂闊だった。ちゃんと調べておけばよかった」

話を聞いたとき、かすみは突飛すぎて、信じることができなかった。自分たちのほかに、将軍の血を引く者が町で暮らしているとは思えず、放置しておいたのであるが、じつは大当たりだったのかもしれない。

かすみ自身が将軍の血を引いていながら、市井の者として、町で暮らしているのだから、同じことがあると考えるべきだった。

「気にするな、かすみ。俺だって信じられなかったんだからな」

表情の変化を見て、剣次郎が口を開いた。さすがにめざとい。

「下手に勘ぐって、こちらの身元がばれたら面倒だからな。それに、俺たちのほかに兄弟がいるなんて考えたくもねえ」

「四人目がいれば、五人目もいるかもしれませんね」

「よせ。そんな地獄、願いさげだ」

手を振る剣次郎に、かすみは問いかけた。

「そいつの狙いはなんですか。深川で暴れてどうするつもりなんですかね」

「それがわかっていれば、苦労しねえよ。探っているんだが、なかなか出てこねえ」

「では、そっちはあたしが」

「やってくれるのはありがたいが、無茶はするなよ。面倒なことになるからな」

剣次郎が目線を送ると、その先で人影が動いた。

町人風のいでたちで、表店の陰に隠れて、彼らを見ていた。新九郎が立ちあがると、姿を隠し、二度と顔を見せることはなかった。

「十日ばかり前からつけられている」

「青山とやらのまわし者ですか」

「わからん。こちらの正体は知られていないはずだから、探ってくるのは妙な話だと思うが、気をつけるに越したことはねえ。今日はこれを言いに来た」

剣次郎は立ちあがると、刀の柄に触れた。眼光は厳しい。

「しばらく、目立った動きはするな。おとなしくしていねえと、なにがあるかわからねえぞ」

返事を待つことなく、剣次郎は立ち去った。

残されたかすみは、その背を見つめるだけで、なにも言うことはできなかった。

四

迷ったが、かすみは忠告を無視して、四人目の探索を進めることにした。

正体がわからぬまま放置しておくのは、気分が悪かった。偽者ならばそれでよし、本物ならばそれなりの対策がいるだろう。身のまわりに妙な連中が動いているのならば、それもなんとかしたかった。

なにより、剣次郎に兄貴風を吹かされたのが気に入らなかった。

三人のうちでは一番の年かさで、南町奉行所同心という地位に就いているのだから、仕切る立場につくのはしかたないが、一方的に命令されるいわれはない。役に立たないのだからおとなしくしていろと言われたような気がして、ひどく悔しかった。

剣次郎はかすみのことを気にかけてくれていて、その心根は十分に伝わっているが、なにもせずにおとなしくしているのは嫌だった。

本所だけでなく、深川にも入って、かすみは噂話を集めた。

目立つことは承知のうえで、向こうから仕掛けてきてもかまわなかった。なんらかの動きがあれば、それに応じて手を打つつもりでいたが、思いのほか相手方は反応せず、小康状態は長く続くことになった。

そんなかすみに声がかかったのは、緑町の炭問屋で挨拶を終えたときだった。主と朝顔の話をして、秋物の古着について売りこんだところで、おときが姿を見せたのである。紫の縞を着て、薄めの化粧を施していた。

「聞いたよ、かすみちゃん。深川で商売をかけているんだって」

思わぬ出会いに驚きながら、かすみは応じた。

「たいしたことはしていませんよ。川向こうで古着を買い集めているって話があったから、ちょっと声をさせてもらっただけです」

「噂になっているよ。本所の女手代が、ついに深川へ出たって。老舗の古着問屋も気にしているみたい。三河屋も、太一郎《たいちろう》さんが上方へ行ってからおとなしくしていたけれど、かすみちゃんが動いていると知って、黙っていられなくなったようよ」

「そうですか」

三河屋の太一郎が上方への修業に出てから、およそ半年が経っていた。京の古着問屋に住みこんで、仕入れ先の開拓に励むらしい。

いまのところ便りはないし、おもしろい反物があったら送ると言われていたが、それもなかった。

去年、太一郎はかすみを嫁に欲しいと川崎屋に申し入れていたが、彼が上方へ修業に出たことで保留となった。

問題が先送りされたことでかすみは安堵したが、一方で、太一郎からの便りがないことには軽く腹を立てていた。嫁になってほしいと言っておきながら、修業の旅に出た途端、まったくかまってこないとはどういうことなのか。安否を示す手紙ぐらい出せないのか。

太一郎に返事をしていないのだから、腹を立てるのは理不尽だとは思うし、そんな自分に嫌気が差すのであるが、ざわめきはいつまでも消えることなく、かすみの心に残っていた。

「いい話があったら、あたしにも一枚、かませておくれよ。深川に食いこめるなら、それに越したことはないからさ」

「まだなんとも言えないですね。それより、ちょっと聞きたいことが」

「なんだい」

「川田屋さんの借金が増えているって話、本当なんですか」

「ちょっと、それどこで……」

ときは左右を見まわすと、近くの蕎麦屋にかすみを引っぱっていった。二階にあがり、人がいないことを確かめたうえで、話を切りだす。

「どこで聞いたのさ」

「林町の中川屋さんです。ご主人に話をしましたよね、それで」

「あの人、黙っていてくれって言ったのに。口が軽いんだから」

「無理ですよ。額が額ですから。三百両って本当ですか」

かすみは、四人目と並行して、川田屋の件も調べていた。おときが金策に動いていて、その額が驚くほど大きいことを知ったのは一昨日のことだった。

「いったい、どうして。川田屋さん、立ち直っているんですよね」

「それは表向きでね。借金を重ねて、なんとか取り繕っているんだよ」

おときはうつむいた。

「武家筋の商いが、ここのところうまくいっていなくてね。食いこもうとして、偉い人に酒を呑ませたりしているから、それが大変なことになっていて」

「旦那さまは承知なんですよね」

「もちろん。ただ、道筋をつけたのは大旦那さまで、その尻拭いをうちの人が押しつけられたってことなのさ。手を引こうとしたんだが、武家筋はせっかくつかんだおいしい相手を逃がそうとはしない。それで、ますます悪い方向になってしまって」

「着物の質が落ちていたのも、そういうことですか」

「まあね。あちこちに迷惑をかけているよ」

ときの表情には陰りがあった。心労を隠すことができずにいる。覇気《はき》に満ちあふれた姿を知っているかすみとしては、信じられない思いだった。

「もう少し踏ん張ってみるつもりだけどね」

「それ、駄目です。手を引いてください」

かすみは身を乗りだした。

「川田屋さんの品物が悪くなっていること、方々で噂になっています。放っておけば、仕入れにも影響が出ます。川田屋さんと商いしているってだけで、悪い目で見られますから」

川田屋は女物に強く、高値でもいい品物をおさめるところが長所で川崎屋もそれを見越して、有名呉服店からの品物を優先して送っていた。

ここで悪い噂が立てば、商いを控えるのは当然だ。

「武家筋に取り入るために、仕入れの質を落とすのでは本末転倒ですよ。まずは、これまでのお得意先を大事にしてください。武家筋はそのあとで」

「わかっているんだけど、いまが狙いどころなんだよ」

「向こうはそう思わせて、空手形でたかっているんですよ。考え直してください」

うつむき、迷うおときを見て、かすみは先を続けた。

「いったい、どうしたんですか。昔のときさんだったら、つまらない小細工なんかしないで、真っ当に商売してたはずですよ。媚びるのは大嫌いで、茶屋でも文句を言う客は追い返していたじゃないですか。あの気風は、どこへ行ったんですか」

おときは手で額を押さえた。目尻を撫でる指の動きには、老いが感じられた。二十代後半なのに、さながら老婆のようだ。嫌な雰囲気だった。

「おときさん……」

「あんたは、いつでもそうだね。まっすぐに人の懐に突っこんでくる。そこにためらいがない。冷たく見えるのはうわべだけで、しっかり人を見ている。これなら、もてるのもわかるよ」

「そういう話をしているんじゃ……」

「かすみちゃん、さっき、あたしの茶屋の話をしたね。どうして、あそこを閉めたのか、あんたは知っているかい」

「それは、ご両親に言われて、しかたなく……」

「それはうわべだよ。実際は、店がうまくいっていなかったんだ。まわりに真似されてしまってね」

ときの茶屋は、いい食べ物といい茶を出して、ひとりの客に長く楽しんでもらうことを売りにしていた。女は美人画に出てくるような綺麗どころをそろえ、料理人も深川の名店で修業した板前を呼んでいた。

客は集まったが、一方で、すぐに真似をする店が出てきた。名のある料理屋が洲崎《すさき》に茶店を出したときには、読売に書かれるほど繁盛し、たちまち店は苦しくなったという。

「悔しかったよ。仕度に手間をかけ、料理人も口説いて、親に金も借りてはじめたのに、あっさり駄目になってさ。女がはじめたのがおもしろくなかったのか、嫌がらせもさんざんされたしね。ちくしょうと思って最後まで踏みとどまろうと思ったけれど、妹が死んで気落ちしている両親に、無理はさせられなかった。しかたなく店をたたんで、実家の手伝いでもしようと思った。そこに、川田屋さんからの話が来たというわけさ」

「そういうことだったんですか」

「だから、せめて川田屋では役に立とうかと思って、いろいろと変えてみたんだけどね。あまりうまくはいかなかったね」

「嫁入りしてから、おとなしくなったのも、そのせいですか」

「おとなしくなったって、言ってくれるねえ」

ときは苦笑した。

「まあ、義父《おとう》さまも義母《おかあ》さまも、おえいのことを気に入っていたからね。身体は弱かったけれど、しっかり気配りはできていたから。勝五さんも、きっとね。だから真似しようと思ったんだけど、しっくりきていない。つい地が出ちまう」

「あたりまえですよ。おときさんは、おときさんなんですから」

自分を変えたいという気持ちはわかる。

かすみも、出生の秘密を知ってからは、違う自分になりたいと強く願っていた。川崎屋に来たのも、血に縛られるのが嫌だったからで、手代の仕事を押しつけられても逆らうことなく懸命に働いた。

だが、根本は変わらないのだから、うわべを取り繕ったところで、いずれははげて、本性をさらけだす。

それならば、自然に振る舞うほうが楽だ。

川崎屋の人々の気持ちに触れ、さらに最近、剣次郎や新九郎と話すようになって、そのように考えるようになっていた。

「一度、旦那さんと話しあってください。いまのままでは駄目です」

「だけど、あたしが役に立つには、こんなやりかたしか……」

「続きません。お金の件にしても、無茶をしすぎです。旦那さんには話をしていないんでしょう」

「話がまとまってからするつもりだった」

「それじゃ、遅いんですよ。今度の話、危ないですよ」

借金を持ちかけている相手は、深川の油問屋だった。

おときの実家と昵懇《じっこん》で、実直な商いで知られていたが、三代目が店をまかされるようになってからは、質の悪い連中と付き合うようになっていた。

渡世人が出入りして、これまでの手代や番頭が次々と店を辞めている。

かすみは調べがまとまったら、おときに話すつもりだった。ここで切りだすのは早すぎるが、致し方ない。

「いま、深川と本所が揉めているのは知っていますよね。連中、その手先だって言われているんですよ。迂闊に金を借りれば、つけこまれて、川田屋だけでなく、おときさんの実家も巻きこまれますよ。手を引くなら、いまです」

「でも、このままじゃ、お店が危ないんだよ。三百両あれば、武家筋と話をつけることもできるんだ」

「それが向こうの狙いですよ。聞いては駄目です」

「しかたないんだ。あたしにできるのは、これぐらいしかないんだから」

おときは立ちあがって、かすみを見おろした。

「あんたにはわからないよ。着物合戦をうまくやって、店の者から頼りにされているんだから。あたしなんて、なにもうまくいかなくて」

「おときさん……」

「あたしはやるよ。もう口は出さないでおくれ」

おときは銭を床に叩きつけると、座敷から立ち去った。かすみは声をかけることができないまま、その背を見送るしかなかった。

五

おときが出ていくと、かすみはまっすぐ川崎屋に戻り、あきと会った。

今日のあきは寝所で横になっていたが、それでもかすみが来ると半身を起こして話をするぐらいの余裕はあった。

かすみは、おときと話したことをすべて語った。

「そう。おときさんは、そんなことになっていたの」

「はい。かなり思いつめていたみたいで。すみません。うまく宥《なだ》めることができませんでした」

「かすみちゃんが謝ることはないわ。追いこんだのは、おときさん自身だから」

あきは口を閉ざして、考えこんだ。

その沈黙は、かすみの胸を締めつけた。あまりいい予感はしない。

「だったら、しかたないわね」

あきの声は強かった。意志の強さを感じさせる。

「川田屋さんとの付き合いはやめましょう。私から旦那さまに言っておきます」

かすみちゃんは誠仁さんと仕入れの話をしておいて。騒動が起きるとわかってい て、商いを続けることはできない」

「あきさま、待ってください」

「あと、伊勢屋さんとの付き合いも手控えるように、親しい店にも話をして。川田屋さんが危なくなれば、当然、おときさんの生家の伊勢屋さんも巻きこまれるかもしれない。なにかあってからでは遅いから」

「そこまでしなくても。まだ借金の話が決まったわけではないんですから」

「決まってからでは間に合わないの」

あきの口調に迷いはなかった。正しいことは、かすみにも理解できる。未来を見通すあきの目は本物で、何度となく善右衛門に助言し、店の発展に手を貸してきた。ただ、その視線は時として冷たく、話を聞いていて、背筋が凍ったこともあった。見えすぎる、という言葉が頭をよぎる。

「手配をよろしくね、かすみちゃん」

「わかりました」

かすみは心が重くなるのを感じた。

「おときさん、どうして、あんな風になってしまったんでしょう。無理をしたって、いいことなんてなにもないのに」

「自信がないからよ。かすみちゃんと同じね」

「そんな」

「おときさんは、ずっと虚勢を張っていた。それが崩れて、なにもかもうまくいかなくなったから、似合いもしない御内儀《ごないぎ》になろうとしたけれど、かえって駄目になった」

「……………」

「いっそ、女なんだから、流されてしまえばよかったのよ。心のままに突っ走れば、かえってやりやすかったかも。でも、やらなかった。ううん、できなかったと言うべきかな。強さが足りなくて、すべてを駄目にした」

あきは、かすみを見た。

「かすみちゃんはどう。ちゃんとわかっているかな」

女としての自分は、心の奥底にある。それは感じとっているが、それを表に出すことにはためらいがあった。

かすみは、獣《けだもの》の父から受け継いだ淫らな血が、自分には流れていると信じている。ひとたび火がついて、女だけが持つ熱情の波に流されてしまったら、すべてを薙ぎ払い、地獄の底まで突っ走ってしまうのではないかと恐れていた。

川崎屋に面倒を見てもらい、本所の町に溶けこんでいるいま、人さまに迷惑をかけることは許されない。どんなことがあっても。

「精進します」

「やっぱりわかっていない。飼い慣らせるものではないんだから」

あきは笑った。いつもと同じ澄みきった表情だったが、かすみはうまく受け入れることができず、落ちこんだ。

挨拶もそこそこに寝所を立ち去ると、かすみは誠仁にときの件を告げ、店を出た。

　ひどく心が落ち着かなかった。あきの指摘は正しいのであるが、それゆえに、かすみは追いこまれていた。いまのおときに自分が重なって、この先、大きく間違ったことをするように思えて、不安になっていた。

「男だったら、もっと楽だったのかな」

　血の不安に流されることはないのか。剣次郎たちは、どう思っているのか。訊ねてみたかったが、一方で、それを口にするのは恥ずべきことのようにも思えた。

　流されるままに、本所の町を歩いていくと、見なれた顔が頭をさげている光景が飛びこんできた。やよいだった。

　店主に叱られていて、謝っているようだった。いつも勝手に出歩いて、という声も聞こえる。

　ふと、かすみが視線を転じると、彼女と同じように、叱られているやよいを見ている女があった。

　おかつだ。物陰に隠れて、様子をうかがっている。

　一瞬でかすみの頭は沸騰し、怒りが頂点に達した。

「おかつちゃん」

声をかけると、おかつはぱっと逃げだした。急ぎ、かすみは追いかけて、その腕をつかむ。

「あんた、あんなところでのぞき見なんて。恥ずかしくないのかい」

「なにをするんですか。離してください」

「うるさい。やよいちゃんのこと、少しは考えてやりな」

「よけいなお世話です」

おかつは、かすみの手を振り払うと、呼吸を荒らげながらかすみを見た。

「あの子がなにをしようが、あたしの知ったことじゃありませんよ。無理してやってもらっているわけじゃないんですから」

「よくも、そんなことが言えるね。さんざん金をせびっておいて」

「声をかけているだけです。出したくないなら、出さなければいいんです」

「あの子に、それができるわけないだろう。わかっていてやっているくせに」

かすみは、おかつを睨みつけた。心の揺れは大きくなる一方で、どうにもおさえることができない。

「男に貢いで、なにが楽しいのさ。どうせまがいものだ」

「優しく抱きしめてくれるんです。それだけで十分なんです」

「そのために、やよいちゃんがどれだけ苦労しているのか知っているのかい。あの子、小間物屋のほかに、魚屋の手伝いもしているんだよ。あんたに金を貸すためにね」

「えっ」

おかつの顔に動揺が走った。知らなかったのか。

「この間なんか、身体の大きい男に腕をつかまれて、泣きそうになっていた。それでも、あんたの助けになりたいからって、ずっと続けているんだ。なのに、つまらないことに使って、恥ずかしくないのかい」

これは、やつあたりだ。

ときを助けることができなかった自分に腹を立て、勝手に他人に叩きつけている。わかっていても、かすみは押さえることができなかった。

「あんたがどれだけつらいか知らないけれどね、やよいちゃんにこれ以上、迷惑をかけるのはやめておくれ。あまりひどいようだったら、あんたの店に乗りこんでいって、すべてをばらしてやるからね」

おかつは涙目になってさがると、走って路地の先に消えた。その背中は、ひどく頼りなく見えた。

いったい、自分はなにをしているのか。

おかつに注意するにしても、もっとよい方法はあったろう。頭ごなしに怒鳴り散らしても、思いが届くはずがない。

ひどく落ちこみながら、かすみは竪川に向かった。

その背中は丸く、それがこれまでにない色気を醸しだしていたのであるが、それに気づくゆとりはまったくなかった。

六

八朔を過ぎると、日中の暑さもやわらぎ、江戸の町には秋の空気が漂いはじめる。大工は、強い日差しを避けるのをやめて、正午の時間帯でも仕事をするようになったし、棒手振も空を見あげて嘆くことなく、日当たりのよい道で威勢のよい声をあげる。子どもたちの声はそれまでと変わらずとも、一緒に歩く大人たちの顔には余裕が出てきている。

荷車が駆け抜ける道を、かすみはうつむきながら歩いていた。

つい息を吐いてしまうのは、憂鬱な気持ちを消すことができないからだ。それは、この半月ほど変わらない。

結局、川田屋の件は、あきの指図どおりに進んだ。善右衛門は商いを減らし、誠仁は寄合で仲間の古着問屋に警句を発した。油問屋の寄合にもそれとなく話をして、伊勢屋の動向に気をつけるように示唆した。行商にも話を通しているので、処置は徹底していたと言える。

おかげで、川田屋は仕入れが滞り、苦境に立たされているという。番頭がみずから馴染みに出向いて商談を持ちかけているが、うまくいっていない。悪評が広まって、これまで付き合いのあった大店も足が遠のいていると聞く。

よくない噂を聞くたびに、かすみは重いため息をついていた。

もう少しうまくやることはできなかったのか、と自分を責めてしまう。

借金をやめるようにときに言ったのも、あきに川田屋の件を語ったのも、間違っていたとは思わないが、気に病まずにはいられない。

新九郎のような口車があれば、事態を打開できただろうか……。

「どうすればいいの」

喧嘩別れしたあとも、かすみは何度かときと話そうとしたが、向こうが会う機会を設けてくれなかった。手紙も駄目で、万策尽きた感があった。

川田屋が傾いていくのを、ただ見ているだけしかできないのか。

またも大きく息をついて、かすみは回向院の裏手にまわった。川から吹きあげる風が首筋にあたったところで、彼女を呼ぶ声がした。

振り向いてみると、整った顔立ちの男が彼女を見ていた。

縞の単衣で、古着であることはあきらかだったが、巧みに着崩し、粋な風情を作りだしている。帯の結び目もわずかに傾けてあり、つい目を向けてしまう。

「ひさしぶりですね。かすみさん」

「川田屋さん」

勝五はゆっくりと、かすみに歩み寄ってきた。今年で二十九になり、風格も増している。ただ、顔にできた隈が疲れを感じさせた。

「こちらこそご無沙汰です。お元気ですか」

「正直、疲れています。かすみさんも、店のことはご存じですよね」

「はい」

「方々、駆けまわっているのですが、話を聞いてもらえなくて。身から出た錆で、しかたないのですが」

勝五は、年下の娘相手でも丁寧な物言いをする。いつもと変わらない口調がかすみの胸をえぐった。

「すみません。愚痴ってしまって。では、また」

「待ってください」

立ち去ろうとする勝五を、かすみは呼びとめた。

「あの、話があります。おときさんのことです。聞いていただけませんか」

「女房のことは……いったい、なんですか」

「大事なことです。お願いします」

かすみは頭をさげた。

勝五はしばらく考えていたが、やがて彼女を誘って、回向院境内の茶屋に向かった。行き来する参拝客を見ながら、ふたりは縁台に座った。

茶を飲んで、ひと息ついたところで、かすみは話を切りだした。おときと会って話をしたこと。借金のこと。それを川崎屋で話をしたら、商いをおさえるように指示が出たこと。すべてを話した。

勝五は口をはさまず聞いていた。表情を変えることもなかった。

ひとしきり話を終えると、かすみは詫びの言葉を述べた。

「すみません。あたしがもっとうまく話をしていれば……」

「いいえ。かすみさんはよくやってくれました。おときと会って、借金をやめるように言ってくださったのですから。なにも言わなかったら、もっと突っ走っていたかもしれません」

「お金の件、川田屋さんはご存じだったんですか」

「あとから聞きました。いまの話を聞くかぎり、かすみさんに会ったあとですね。たぶん言われて、話す気になったんでしょう」

「それで、どうしました」

「借りました。店には入り用だと思ったので」

「やっぱり」

「ですが、使っていません。正直、ためらってしまって。このまま武家筋との付き合いを深めていいのか。せっかく、おときが借りてきたお金ですから、無駄にしたくはないのですが……」

勝五は手元の茶碗を見やった。重い声にはためらいがある。

かすみは、迷った。結婚どころか、ろくに男と付き合ったこともない自分がこのようなことを言っていいのか。まるで見当違いなのではないのかと。

だが、勝五の横顔に、悩みの色を見たとき、かすみは自然と口を開いていた。

「あの、差し出がましいようですが、おときさんと話をしてくれませんか。あの人、迷っていて、どうにも動けずにいます」

「迷っている……ですか」

「川田屋さんもご存じですよね。おときさん、もっと元気で、明るく話をする人でした。お転婆で、物怖じしないところがよかったのに、いまではまるで人が違ってしまって。あれじゃあ、おかしくなってしまいます」

「…………」

「あたしも話をするつもりだったんですが、うまくいかなくて。旦那さんの言うことなら、聞いてくれると思いますから、だからお願いします」

かすみは頭をさげた。支離滅裂は承知のうえだ。

返事はなかった。読経が本堂から響き、それが消えるころになっても、勝五はなにも言わなかった。

気になったかすみが顔をあげると、勝五は天を仰いでいた。表情はなく、なにを考えているのかはわからない。あらためて、かすみが願いを重ねようとしたとき、ようやく低い声が響いてきた。

「おときはよくやっていますよ。川田屋に入ってから本当に尽くしてくれて、私の支えになってくれています。ありがたいかぎりです」

「それはわかります。でも……」

「まあ、聞いてください」

勝五は手をあげた。

「いま、かすみさんの話を聞いていて、おときと添い遂げる気になった理由《わけ》を思いだしました。親父が後添えの話をしてきたのは、おえいが死んで間もなくのことで。正直、馬鹿馬鹿しいと思いましたよ。嫁が死んで、たいして時も経たないのに、もう次を娶るのかと。どこまで意地汚いのかと罵ってやりたい気持ちでした。川田屋の身代なんか、どうでもいいと思うようになりました。私はおえいを、それなりに想っていたのでね」

勝五は茶をすすった。

「あまりにも腹が立ったんで、さっさと断るつもりで、伊勢屋さんに行ったんですよ。そうしたら、その途中で、おときを見かけましてね。絡まれていた娘さんを助けたところでしたよ。渡世人を相手に啖呵を切って、来るなら来いという目で睨んでいました。臙脂《えんじ》の振り袖が、じつによく似合っていましてね。見ていて気持ちがよかった」

「おときさんって、そういう人ですよね」

「ええ。それで思ったんです。もしかしたら、これが私を変えてくれるのではないかと。あの激しい気性が、澱んだ自分を叩き直して、踏みだすきっかけを作ってくれるのではないかと思って。嫁入りの話を受け入れたのは、あのおときを見たからです。けれど、嫁入りすると、おときはすっかりおとなしくなってしまって。さながら、おえいの真似をしているかのように振る舞っていました」

「おときさん、いろいろとあったんです」

「知っています。茶店のことですよね。うまくいかなくて落ちこんでいるのだったら、そのうち立ち直るだろうと思っていました。ですが、まるで駄目で。うちの商いがうまくいかないと、自分のせいだと思うようになって、ついには自分で金策に励むまでになって……頭をさげるおときの姿は、つらいですね」

「話をしてください、川田屋さん。おときさんと。いまのままではいけないと思います」

「私に、おときを励ますことなんてできるんですかね」

「できます。だから、お願いします」

勝五の返事はなかった。

気になったかすみが顔を向けると、そこには唇を嚙みしめ、うつむいている男の姿があった。

その表情から内心を読み取るのは難しい。ただ、前向きなことを考えているようには見えず、かすみの胸はひどくざわついた。

川田屋の商いは、その後も低迷を続けた。馴染みの問屋からは逃げられ、仕入れの行商もほとんど店には近づかなかった。

勝五や番頭が問屋に出向いても相手にされず、仕入れはこれまでの三割まで落ちこんだ。

客も、川田屋の評判が悪くなると距離を置いた。勝五や番頭が行商に出向き、頭をさげても流れは変わらなかった。

かすみは救いの手立てを考えたが、どれもうまくいきそうになかった。川田屋が武家との商いにこだわり、深川の問屋との付き合いを続けるかぎり、評判を逆転させる方法はなかった。

珍しくあきも強い口調で、かすみに手出しをせぬように釘を刺していた。

時が経ち、川田屋の窮状が最悪の状態を迎えようとしたそのとき、かすみのもとに勝五から話が来た。

七

その日、勝五がおときを伴って、約束の場所に姿を見せると、かすみは気づかれないように場所を変えた。ふたりと背中あわせに座ると、神経を集中する。

勝五から話しあいの場に立ちあってほしいと頼まれたのは、昨日のことだった。おときに思いの丈をぶつけるので、ぜひ、その場で聞いてほしいと。

ためらった末に、かすみは提案を受け入れた。

あれだけ焚きつけておいて、無関係なふりをするわけにはいかなかった。聞きたくない話が出てくるかもしれないが、それは耐えるよりないだろう。

事の次第を確かめる義務があると、かすみは強く感じていた。

ただ、話しあいの場に同席するのは、おときが気を使うからという理由で避け、近場に座って話を聞くことと決まった。茶屋を選んだのも、目立たないようにするためだ。

「どうしたんですか、今日は。こんなところに」

おときは、いきなり勝五に誘われて戸惑っているようだった。今日のことは話していないのだろう。

「いや、知りあいに教えてもらってね。ここの団子はうまいそうだ」

勝五は茶と団子を注文した。しばし沈黙が広がる。

「あの、お店は大丈夫なんですか。得意先をまわらないと」

「いいんだ。今日はもっと大事な話をしたいんだ」

「大事な話って」

「先々のことだよ。お店のことも含めてね」

「あ、あの……」

「おまえが借りてくれたお金だけどね、あれは返すことにしたよ。明日にでも話をつけてくる。手間をかけてくれて、悪いことをしたね」

「でも、あのお金がないと武家筋との付き合いが」

「あの人たちとは縁を切るよ。たかられるのは、こりごりだ」

勝五は淡々と語った。

「これからは地道に商いをしていく。得意先に頭をさげ、いい品物を仕入れ、それにふさわしい値をつけて売っていく。それだけでいい。ここまで売上が落ちこんでしまうと、立て直しには時がかかると思う。けれど、無理に商いを広げるよりは、それがいいと思う」

「でも、せっかく、ここまでやってきたのに」

「いいんだ。いまはしっかり足元を固めるときだよ」

ふたたび沈黙が落ちる。空を見あげると、一面に鰯雲《いわしぐも》が広がっている。高く、遠い秋の雲だ。

「……あたしのせいですか」

ときが口を開く。わずかに震えがある。

「あたしがしっかりしていないから。なら、ちゃんとやりますから」

「違う。聞いてくれ」

「あきらめないで、踏ん張りましょう」

「そうではない。あきらめたくないから、もとに戻すんだ」

「えっ」

「まだおまえには言っていなかったね。武家との商いにしくじって、借金を作るきっかけを作ったのは、私なんだよ」

勝五の声が震えた。己の恥をさらす痛みがそこにはある。

「あのとき、私は焦っていてね、無理に商いを広げていた。跡継ぎとして文句を言われたくないと思っていたんだろうね。うまくつけこまれて、まんまと金だけを持っていかれた。話が違うと言ったら、刀に手をかけて脅されたよ。這々の体で逃げてきた」

「………」

「なんて馬鹿なことをしたんだろうと思った。あのとき無理をしなければ、店は傾かず、伊勢屋さんから借金することもなかったと。仲間内から陰口を叩かれることもなかったはずと思って、自分を呪っていたよ。ずっとね。でも、それじゃいけないと思って、しっかり店を守っていこうと思ったところで、おえいが死んで、すべてが元の木阿弥となった。もう駄目だと思ったよ」

勝五は言葉を切った。次に口を開いたときには、声がやわらかくなっていた。

「ねえ、おとき、おまえ、茶店が傾いたとき、どう思った」

「えっ、それは」

「つらいだろうが、聞かせておくれ」

「……悔しかったです。こんなこともできないのかと思って嘆きました」

「間違えたと思ったかい」

「はい」

「私もそうだったよ。役立たずって、自分を責めたよ」

「同じですね、あたしと」

「そう、同じなんだ」

衣擦れの音がして、ときが小さく息を吞んだ。

なにをしたか、見ずともわかる。勝五がときの手を取ったのだろう。

「だから、おまえと一緒にやっていけると思った。しくじった者同士が手を取り合って暮らしていけば、一から立て直していけば、悪いようにはなるまい。だって、互いにつらい思いをしているんだから。失敗したからこそ、ゆっくり歩いて行けるんじゃないかな」

「旦那さま」

「名前で呼んでほしいな」

「勝五さん」

ときの声は涙声だった。

「だから、おまえも無理しなくていい。縁あって夫婦になったんだ。己を隠さず、支えあって生きていこう」

「ごめんなさい。あたしが、あたしが……」

「謝らなくていいんだよ。ほら、団子がある。一緒に食べよう」

身体の触れあう音がして、かすみは天を仰いだ。息をつきそうになるところを懸命にこらえる。

うまくいってよかった。勝五が自分の心根をさらしたから、ときも素直になった。これからは、無理することなく、互いに本音を見せながら、同じ道を歩んでいくことになるだろう。

かすみは立ちあがって、茶屋から離れる。

猫が道を駆け抜け、そのあとを子どもたちが追っていく。

笑い声があがったところで、かすみが視線を転じると、やよいの姿があった。しきりに左右を見まわしている。

気になって声をかけようとすると、見知った娘が彼女に駆け寄ってきた。

おかつだ。

「ごめんね。やよいちゃん。ごめんね」

おかつは包みを渡した。やよいは受け取ろうしなかったが、強引に押しつけた。

「あたし、これからちゃんとするから。もう迷惑はかけないから。これからも一緒にいて」

やよいはおかつを見ていたが、やがて身体を抱き寄せ、何事かささやいた。

おかつは、やよいの胸に頭をうずめて、何度もうなずいた。

「ありがとう。やよいちゃん、ありがとう」

思いは、おかつに届いたのか。

最後まで、やよいはおかつを信じ、報われた。それは、すばらしいことだ。

晴れ晴れした気持ちになって、かすみは十字路を曲がり、緑町方面へと足を向けた。

秋のやわらかい日射しが、その行く手を静かに導いていた。

第四話　四人目と五人目

一

剣次郎が北辻橋の西詰に駆けこむと、ちょうど、身体の大きな男が殴り飛ばされたところであった。あおむけに倒れて声をあげたのは、入江町の藤吉である。

絣の着流しの男が走り寄って、藤吉の胸を蹴る。二度、三度と続き、そのたびに、藤吉は首を振った。

「おい、やめねえか」

剣次郎は十手を振りかざし、ふたりの間に割って入った。

「南町の矢野だ。やるなら、ここでお縄にするぞ」

「なに言ってやがる。先に手を出したのは、向こうですぜ。一発やられたから、同じだけ返した。それだけで」

「そんな理屈、通るか」

「止めるなら、どうぞ。ただ、やらかしているのは俺たちだけじゃないんで」

男が吠えて、周囲を見まわす。

橋の西詰では、二十人の荒くれ者が大喧嘩を演じている。

見たところ半分が深川衆で、残りが入江町の渡世人だ。目の前に現れた相手をひたすら殴る蹴るというありさまで、秩序など冥土《めいど》の彼方だ。着物が裂け、血が飛び散っても、誰も止めようとしない。

「おら、まだ、これからだぜ」

いつのまにか藤吉が立ちあがって、男の背中を蹴り飛ばした。前のめりに倒れたところで上からのしかかって、後頭部を殴る。

「よせ」

「旦那、さがってください。巻きこまれますぜ」

「おう。彦助か」

細身の男が駆け寄ってきた。額は汗で濡れている。

「どうなっている、こいつは」

「深川衆が徒党《ととう》を組んで、北辻橋を渡ってきたんで、五郎太さんの一党が押さえにかかったんですよ。昨日、義右衛門さんが殴り飛ばされて、みな腸が煮えたぎっていましたからね。気がついたら、殴りあいで」

「放っておくのはうまくねえぞ」

五郎太がこの惨状を見過ごすはずがなく、手下を率いて助けに来るはずだ。深川衆も、それを見過ごすとは思えない。

「大丈夫です。そろそろ、奉行所の方々が来ます。知らせておきましたから」

「事が大きくなる前に、なんとかおさめてえな」

剣次郎がつぶやくのと同時に、花町の角を曲がって、同心と手下の一団が姿を見せた。南町の同僚で、先頭に立っているのは的場だ。

「こいつはいけねえ。逃げろ!」

絣の男が口笛を吹くと、いっせいに男たちが逃げだした。本所の渡世人も、さっと後退する。

「逃がすな。取り押さえろ」

的場の指示で、手下が捕らえにかかるも、渡世人はすばやく小道に入りこみ、橋詰めから消えてしまう。剣次郎も絣の男を押さえようとしたが、その巨体に似合わぬ逃げ足の速さで、姿を消してしまった。

「くそっ、ふざけるな」

これで何度目だ。剣次郎は激しい苛立ちを覚えていた。

二

だからこそ新九郎と顔を合わせたとき、剣次郎の声は自然と高くなった。

「まったく、おまえの親分は、手下を押さえることもできないのかよ。面倒くせえ騒動を起こしやがって」

「よく言いますよ。深川衆にいいようにやらせて」

新九郎は、正面から剣次郎を睨みつけた。

「こっちも我慢に我慢を重ねているんですよ。攻めてくるのは深川の連中だけで、こっちからは一歩も踏みこんじゃいないんです。義右衛門の爺さまだって、五郎太さんの言いつけに従って、いつもの半分しか文句は言わなかったのに、殴りあいになったら、こっちのせいですか。ひどくないですか」

新九郎は、徳利のまま酒を呑んだ。荒っぽい仕草で、彼らしくない。

「五郎太さんだって、向こうの顔役と話をしにいっているんです。喧嘩が嫌なら、さっさと向こうの連中を捕まえてくださいよ」

「やっている。昨日だって取り押さえた」

「三人を捕まえて自慢ですか。向こうに何人いると思っているんですか」

「なんだと……」

「それに、この間の長崎町の火事も、付け火だっていうじゃないですか。深川の連中がやっているかもしれないのに、放っておくんですか」

「ふざけるな。こっちだって……」

「はい。そこまで。くっちゃべるのはやめ」

割って入ってきたのは、かすみだった。その手には徳利がある。

「これ以上、無駄口を叩くようだったら、こいつをぶっかけるよ。口に入れるより、早く酔えるかもしれないね」

「おう、よく言った。やれるかね」

「やるよ。茶番を見せつけられるよりは、はるかにいい」

しばしふたりは睨みあっていたが、やがて新九郎がうなだれて手を振った。

「やめてくれ。酒がもったいない」

「旦那も落ち着いてください」

剣次郎は、なにも言わずに腰をおろした。大きく息を吸ったのは、自分が熱くなっていたと自覚していたからだ。

「騒動の多さは気になります。でも、ここであたしたちがやりあっても、しかたありませんよね。大事なのは、いまなにが起きているかをつかむこと。あとは、これからなにをするのかを考えることです」

「なんだ。おまえにしては、頭がまわるな。誰かの入れ知恵か」

「自分で考えたんですよ。これぐらいのことはできます」

かすみは、盃に酒をそそぐと、一気に飲み干した。新九郎が杯を差しだすと、そこにも酒を流し入れる。

三人が顔を合わせているのは、三笠町のさかよだった。話しあいを持ちかけたのは剣次郎で、お気に入りの茶屋を集合場所にするつもりだったが、またもふたりに反対され、ここの二階に落ち着いた。

座敷にこもれば、余人に聞かれぬように話ができるのはよかった。

「深川衆、立て続けに来ますね」

「十日で四回だ。あきらかに多い」

「本所を狙っているってことですよね」

「そうだ。奉行所やら火盗改が目をつければ、本所の連中は動きにくくなる。ひっくくられる者も出てきて、隙ができる。そこをついて、一気に攻め落とすつもりなんだろう」

剣次郎は手酌で酒をあおった。

「何度もやられると、防ぎようがねえ。どうしても騒動になる」

「舐められるわけにはいきませんからね。シマに踏みこまれて黙っているほど、こっちは優しくないですぜ」

新九郎が目を細めて、剣次郎を見た。

「来たら、迎え撃ちますぜ。なんだったら、こっちから攻めこんでもいい」

「よせ。騒ぎが大きくなったら、押さえられなくなる」

「いいですよ。黙ってやられるぐらいだったら、役に立たねえお役人の頭でもひっぱたいてやります」

「なんだと」

「言い争い、やめ。これだから、男どもは」

またも、かすみが割って入った。

「あたしの聞いた話だと、動いている深川衆は五十人ですね。中心は仲町、表櫓、裏櫓《うらやぐら》あたりの渡世人で、佐賀町《さがちょう》、万年町《まんねんちょう》の連中がそれに続く感じです。あとは様子見で。森下町《もりしたちょう》は争いを望んでいませんね。顔役に話を聞きました」

「佐平《さへい》さんか。よく顔をつなげたね」

「旦那さまの紹介です。あの人、すごい着道楽だから」

「たしかに。佐平さん、五十を過ぎているのに、洒落た格好をしているものな」

「安心はできねえぞ」

剣次郎は口をはさんだ。

「争いたくないのは、手駒が傷つくからだ。そのあたりの不安がなくなって、深川衆が有利となれば、一気に動くこともありえる。そうなれば、北も南も総がかりで、大合戦だ」

春からはじまった本所と深川の衝突は、頂点を迎えようとしている。対立は日を追うごとに激しくなり、竪川をはさんで睨みあいの情勢が続く。

川向こうの林町では嫌がらせが連日続いて、さきじという砂糖屋は耐えられず店を閉めてしまった。おかげで、いつもの団子屋によい砂糖が入らず、困っている。

喧嘩も立て続けに起きて、三日前には五人が大怪我をして、医者が出る騒ぎになった。そのうちのひとりは、たまたま町を歩いていた隠居で、巻きこまれて腕の骨を折った。

争いは渡世人の枠からはみだしてきており、町の者も不安に思っていた。

「川田屋さんのご主人も、危うく巻きこまれるところでした。おときさんが息巻いていましたよ。万が一のことがあったら、深川衆を絞め殺してやるって」

「そいつはいい。あの女房も、昔の風情を取り戻してきたね。怒鳴り散らしている姿を見ると、安心するよ」

「心意気は買うが、実際に手を出されたら困るな。そうなる前に押さえこみたいが、おまえさんの話を聞くかぎり、話しあいもうまくいっていないようだ」

剣次郎が視線を送ると、新九郎は小さく息をついた。

「そうだね。五郎太さんはよくやっているんだけど」

「深川衆が言うことを聞かないか。それで、背後で糸を引いているのは、やっぱり例の男なのか」

「はい。青山長四郎。四人目ですね。間違いありません」

剣次郎も、将軍の落胤と思しき男の存在は、確認していた。

みずから将軍の血を引いていることを吹聴《ふいちょう》しているようで、渡世人の間では噂になっていた。彼が深川衆の後ろについていることもたしかで、いまはまとめ役として動いているようだった。

「顔は見たか」

「いえ。あまり表に出てこないみたいで」

「俺も会ったことはねえ。ついてはいるんだが」

「いったい、何者なんですかね。本当に四人目なのか」

「四人目だとして、どうやって深川にもぐりこんで、渡世人をまとめあげたのか。ひとりで動いているのか。それとも、ほかに親しい仲間がいるのか。そして、狙いはどこにあるのか」

深川と本所の渡世人をぶつけあうことが目的なのか。または、ほかに考えていることがあるのか。わからないことが多すぎる。

「どちらにしろ、見逃してはくれないようですね」

新九郎は立ちあがると、障子窓を開けて表通りを見おろす。

剣次郎が肩を寄せて外をのぞき見ると、古道具屋の看板に隠れるようにして男が座っていた。鋳掛屋《いかけや》のように振る舞っているが、視線は二階に向けられている。

その隣には、商家の手代と思しき若い男が三人が入った店を見ていた。

「かすみ、来い。顔を覚えておけ」

「嫌ですよ。男ふたりに身体を寄せるなんて。どうせ、この間から追いかけている連中でしょう」

「顔が変わったように思える。数を増やしたか」

「もう、こちらのことは知られているようで」

「さすがに、俺たちのつながりまではつかんでいないだろうが、用心しておいたほうがいいな。なにをしでかすかわからん」

「手を出してくるかもしれないですね」

「ああ。かすみ、おまえは女だからな。とくに気をつけておけ」

「言われなくてもわかっていますよ。あに……いえ、年寄りじみたことは言わないでください」

かすみは横を向いた。

剣次郎は見張りの様子を確認してから、今後についてふたりと話しあった。それには、思いのほか時がかかり、店を出たときには六つを過ぎていた。

三

秋の日はつるべ落としで、本所の町はすっかり夜の闇に包まれていた。天麩羅屋の屋台が古道具屋の前に出ると、客がふたり、三人と入っていく。やがて声があがり、油の跳ねる音が響く。

九月九日は重陽《ちょうよう》の節句であり、これを超えると、大通りを吹き抜ける風が仲秋の冷たさをはらむようになる。羽織の似合う季節であり、大店の主はお上に目をつけられない範囲でのお洒落を楽しむ。

先だって、川崎屋の善右衛門が黒羽織を着ていたが、一見したところは地味な綿であったが、裏地に凝った意匠か施しており、古着問屋の主らしい洒落っ気を感じさせた。

秋が深まり、葉が色づきはじめるこの時季を剣次郎は好んでいた。

二ツ目橋を渡って、弁天《べんてん》の方面に抜ける。竪川周辺は殺気だっており、動向には常に気を配っておく必要があった。

ゆるやかな気配に押されて、剣次郎は橋を渡る。

空気が変わったのは、松井橋《まついばし》を渡って松井町一丁目に入ったあたりだった。剣呑ななにかが背後につく。弁天の裏にたどり着くまで変わらなかったので、剣次郎は人が切れたところを見計らって声をかけた。

「おい、いつまでそうしているつもりだ。姿を見せろ」

「気づいたか。さすがだな」

「なにを言っている。それだけ怪しい気配を出していれば、誰でもわかる」

「そうでもない。鈍感な奴はとことん駄目さ。そこいらの渡世人のようにな」

二本差しの男が、柳の蔭から姿を見せた。紺の微塵格子《みじんこうし》を身にまとい、気負う様子を見せずに、剣次郎に歩み寄ってくる。

顔は整っているが、細い瞳と尖った頬が、常人にはない鋭さを感じさせる。髷《まげ》も鬢にもたっぷり油を塗っていて、手入れを怠っていない。

細身の身体に、ひ弱さはない。むしろ、その歩みには力強さを感じさせる。剣の修行を積んでいることはあきらかだった。それも、相当に長きに渡って。

「何者だい、あんた」

「青山長四郎。あんたたちが探っている将軍の落胤だよ」

「なんだと」

「……と言いたいところだが、残念ながら、違う。その使いだよ」

男は剣次郎を見て笑った。

「弥七《やしち》と言う。おお、そんな顔で睨まないでくれ。卒倒しそうだ」

「舐めた口を叩きやがって。いつもそんな調子なのか」

「軽いのが俺のいいところでね。あまり気にしないでくれよ」

弥七は笑った。

「話がしたいと思って、出てきた。おっと、迂闊なことはしないでくれよ。俺に手を出せば、たちどころに仲間が動くぜ」

いつの間にか、剣次郎の周囲は、荒くれ者に囲まれていた。十人といったところか。

「いいだろう。ただ、歩きながらだ」

「かまわんよ。俺もねぐらに帰りたいしな」

ふたりは肩を並べて歩きはじめた。両国橋には向かわず、一ツ目橋から通じる道に出たところで、南へくだっていく。

剣次郎は、あらためて弥七を見た。

年のころは二十代前半といったところで、新九郎と同じぐらいか。

口元には笑みがあり、人を小馬鹿にするような空気を漂わせている。着流しもわざと着崩して、隙を見せている。

馬鹿な若侍のように見えるが、それが本当の姿でないことは、笑っていない目を見れば察しがつく。剣次郎との間合いも開けており、警戒を解いていないことがわかった。

「話ってなんだ」

「下手な前置きはなしで、すぱっと言わせてもらうぜ。深川との争いにかかわるのは、やめてくれ。黙って手を出さずに見ていれば、それでいい」

「どういうことだ」

「本所はうちの頭領がもらう。深川衆を率いてな」

剣次郎は、弥七を見た。表情に変化はない。

「本所はどうにも面倒だ。細かい勢力がいて、勝手次第にやっている。おかげで、底力があるのに、それを発揮できずにいる。それを俺たちが、なんとかしてやろうというわけよ。裏からまとめてな」

「本所の連中は、望んではいないと思うが」

「だから薙ぎ払う。うちの頭領には、それができるからな」

「要領を得んな。その頭領が例の落胤で、今回の争いを差配しているのか」

「そうだよ。言うことを聞く奴は、百じゃきかねえ」

「そいつらを率いて、本所の荒くれ者を支配し、裏から町を支配する……だが、それになんの利がある。本所の連中だって死に物狂いで争う。叩き潰せると思っているのか」

「できるさ。なにせ、頭領は将軍の息子だからな。おまえらと同じで」

剣次郎は刀に手をかけて、弥七を睨んだ。

「……どうして、俺たちのことを知っている」

「おお、怖い。俺をぶった斬るつもりか」

「どうして知ってるのか、と聞いている」

話から察するに、弥七は、剣次郎だけでなく、新九郎やかすみのことも知っているようだ。事情にくわしい者は限られているのに、いったいどこで話を聞いたのか。

「まあ、聞いてくれ」

「うるさい。俺の聞いたことに答えろ」

「いいから。刀に手をかけられていては、話もできぬ」

弥七は笑った。作り笑いではなく、本物だ。敵意はない。

剣次郎は肩から力を抜いた。距離を保ちつつ、話をうながす。

「うちの頭領は、とある貧乏旗本の息子として育てられた。おぬしとたいして変わらぬな。本当のことを知ったのは、十になったときで、この小刀と一緒に話をされた」

弥七が懐から取りだしたのは、剣次郎たちと同じ小刀だった。意匠は手に隠されていて、よくわからない。

「頭領は、御家人の家へ養子に行き、そこで暮らすように命じられた。だが、断った。さすがに、馬鹿馬鹿しかったようだな。将軍の血を引き継いでいるのに、どうして世間の片隅で生きていかなければならないのか、と素直に思った。せっかくの血筋なのだから、これを活かさぬ手はないと考えた。そこで、親父殿に話を持っていった」

「上さまにか」

「残念ながら、母方の父親だよ。頭領の母は、礼儀見習いとして大奥に出ていてな、そこで将軍のお手つきとなった。子ができたとわかると、すぐに追いだされて、産んだのは父親の実家だった。母親はすぐに亡くなったらしい」

弥七は、四人目の身の上を語った。表情を見るかぎり話に嘘はないが、ここで語る意図がわからない。

剣次郎は苛立ってきた。

「頭領は、将軍に自分を認めさせたかった。将軍世子《せいし》や他の名の通った兄弟と同じく、正しく子として認めてもらって、それにふさわしい役職と知行《ちぎょう》を望んでいた。己と奴らとどれぐらいの差があるのか。ただ、母親の地位が低かった。それだけではないか。頭領は、そんなもの認める気にはなれなかった」

弥七の声色には、熱気がこもっていた。表情も引きしまっている。

「何度も、頭領は将軍に近い者に願い出て、自分を旗本として認めてくれるように頼みこんだ。寄合とは言わぬ、千石の知行とそれにふさわしい家臣さえ与えてくれれば、それで十分だった。だが、梨の礫だった。結局、向こうはこっちの言うことなど気にかけてはいなかったのさ」

「だったら、おとなしくしていればよかろう」

「嫌だったんじゃないかな。男と生まれたからには、己の力を試してやりたいことをやってみたい。武家なのだから、なおさらだ」

どうやら四人目は、己の生まれに自信を持っているらしい。将軍の息子として生まれたのであるから、それを認めてもらうのは当然で、おかしいのはなんの処置もしてこない幕閣《ばっかく》だと考えている。

それは剣次郎が、一度として思い浮かべたことのない発想だった。

剣次郎は、自分が忌み嫌われた存在で、それゆえに正体をさらすことなく、世間から隠れて生きていくべきと考えていた。彼にとって、将軍の血は呪いであり、長四郎が語ったように肯定的にとらえるものではなかった。

だが、それは間違っていたのか。

もっと、自分に自信を持ち、将軍の子であることを主張していけばよかったのか。同心に甘んじることなく、もっと上の地位を目指すべきだったのか。

それは、奇妙な高揚感を剣次郎に与えた。信念が揺らぎ、甘美な誘惑に、これまでの自分が流されそうになる。

旗本になった自分を心に描いたところで、剣次郎は我に返った。秋の夜を見あげて、心の揺れをおさえていく。

興奮が消え、いつもの自分が戻ってくる。

視線を落とせば、骨張った手が見えた。

ささくれだっていて、見た目が整っているとはお世辞にも言えない。だが、これが自分の手だ。剣次郎が己の力で作りあげた自分だけのものだ。

「いい夢だな」

「なんだと」

「いい夢だと言っている」

一度は捨てた子どもに、身分と役職を与えて重用するわけがない。

それは、将軍世子の家慶《いえよし》やそのほか名前の知られた子どもたちのように、最初から認められていた者たちの役割だった。

家斉がどれだけの子どもを作っているのか、正直なところわからないが、捨てるべき者と残すべき者の間には、明快な線が引かれていて、それを乗り越えるのはできないということだけは、はっきりしている。

剣次郎は捨てられた。おそらく、四人目も。

足掻《あが》いても、なにも変わらない。

嘆かわしいことではある。それは認めよう。

だが、本当にそれは悪いことなのか。

剣次郎は、気持ちが晴れていくのを感じた。いったい、なにを迷ったのか。

「それで、おぬしらはなにをするつもりなのだ。深川衆を率いて、本所の荒くれ者を倒して、その先、どうするつもりなのか」

「裏で、本所と深川を束ねる。そのうえで、俺の力を認めさせて、武家への道を歩むさ。金と血筋があれば、どうにでもなる。道筋はもうできている」

弥七は堂々と語る。そこに迷いはない。

いったい、この自信はどこから来るのか。表情を探ったが、わからなかった。どうにも引っかかる。

本当に、弥七は四人目の使いなのか。

あまりにも事情にくわしすぎるし、振る舞いにも迷いがない。例の小刀を持っていたのも気になる。

もしやすると、この男こそ……。

剣次郎はもう一度、表情を探ったが、弥七は恐ろしいまでに表情を消しており、神の眼をもっても内面に踏みこむことはできなかった。

「本当にできると思っているのか」

「できるできないじゃねえ。やるんだよ」

「それが許されるとでも」

「知ったことか。俺はかならずやり遂げる。それだけだ」

弥七は剣次郎に背を向けた。

「言うべきことは言ったぜ。手を出さないでいてくれれば、それでいい」

「おい。待て」

「仲間になりたいのなら、声をかけてくれ。歓迎だぜ。おまえさんも、他のふたりもな」

「聞きたいことがある」

剣次郎は、立ち去る背中になおも声をかけた。

「なんだ」

「まずは、俺たちのことだ。なぜ、新九郎とかすみが兄妹であるとわかった。さっきも聞いたが、答えてもらっていないぞ」

「教えるわけがない……と言いたいところだが、なにも知らないのは気持ちが悪かろう。とある人から教えてもらった、とだけ言っておく」

「何者だ」

「そこまで言うつもりはないな」

「わかった。では、あとひとつ。見張りの連中をさげてくれ。目障りだ」

「なんのことだ」

「俺たちの動きを探っている者がいるだろう。おまえの手の者だ」

「知らぬ。見張りなど送っていない。なにかの勘違いであろう」

弥七はそれだけ言うと立ち去った。荒くれ者の気配も消えていく。

剣次郎は、しばし大通りに立ち尽くした。

長四郎は、彼らの身辺を探っていなかった。では、奴らは何者なのか。


剣次郎は、翌日に、かすみと新九郎に四人目とかかわりある者と会ったことを告げた。話の内容についても、包み隠すことなく話した。

正体が知られていることに、ふたりは衝撃を受けていた。長四郎の野望にも驚いたようで、しばし無言だった。

三人は、長四郎の様子を見ながら、事に対処するため、密に連絡を取りあうことを決めた。

容易なことのように思われたが、実際に彼らが次に顔を合わせるまでには、しばしの時を要した。

深川衆の攻勢が激化したためである。

四

かすみが店に戻ると、誠仁が速歩で寄ってきた。

「どうだった」

「はい。長崎町で騒動がありました。深川衆二十人が攻めたてて、表店を壊してまわったようです。用心棒や町の浪人衆が迎え撃ちましたが、すぐに押しきられてしまいました。数が少なくて」

「やられたのは、どこだい」

「荒物屋の上総屋《かずさや》さんと、蕎麦屋の多助《たすけ》さん、麹屋の誠屋さんです。たぶん、ほかにもやられていると思いますが、くわしいことはまだわかりません。あとは、高田屋の仁《じん》ちゃんが巻きこまれて怪我をしました。お店には知らせてあります」

「まいったね。昨日今日と立て続けじゃないか」

誠仁は顔をしかめた。老練な番頭にも予想外の事態で、対応に苦慮している様子が見てとれる。

深川衆の攻勢は、激しくなる一方で、十日で十五件の争いが起きていた。

場所も相生町から緑町、花町、長崎町、さらには北本所の新居町《あらいちょう》や松倉町《まつくらちょう》まで広がっていた。

松倉町では、刃傷沙汰になって、蠟燭《ろうそく》屋の手代が大怪我をしたし、緑町でも棒手振が因縁をつけられて、腕の骨を折られた。渡世人に絡まれた町娘もおり、本所の町は大騒ぎになっていた。

「おゆみちゃん、いえ、おゆみさんからは、古着の仕入れがやりにくくなったという知らせが入っています。上尾《あげお》屋《や》さんも苦労しているようで。このままだと、うちの商いにも差し障りがでます」

おゆみは、かつて川崎屋で下女を務めていたが、別の古着屋の主に見初められて嫁入りした。春に子を宿したことがあきらかになり、いまは店には出ず、お産に備えていた。

「わざわざ知らせてくれたのか。よほどのことが起きているわけだね」

「料理屋の売りあげもあがったりで。いろいろと厳しいようです」

かすみのもとには、窮状を訴える声が山のように届いていた。棒手振からはじまって、一杯飯屋の主、油問屋の下女、遊女の元締と数えあげればきりがない。

「どうしたものか」

「落ち着きなさい。なにをあわてているのか」

店の奥から、善右衛門が姿を見せた。黄橡《きつるばみ》の着物に柿色の羽織といういでたちで、堂々と振る舞う姿には風格があった。

「これは、旦那さま」

「番頭のおまえがあわててどうする。気をしっかり持ちなさい」

「失礼しました」

「かすみ、店の者をここに集めなさい、急いで」

「は、はい」

善右衛門の威に打たれて、かすみはすぐに走った。

店の者が前土間にそろうと、善右衛門が上がり框に立った。

「みな、本所の騒動については、よく知っていると思う。質の悪い連中がさんざんに暴れまわっていて、町の者がひどい迷惑をこうむっている。怪我をした者も多く出ている。知りあいに、迷惑をこうむった者もいるだろう」

かすみの隣で、下女が肩を揺らした。彼女の友達は、深川衆に襲われて肩を怪我していた。

「いまのところ、私は店を開けるつもりでいる。深川衆に屈したとは思われたくないからね。本所の意地を見せるのならば、ここだと思っている」

善右衛門は語気を強めた。

「だから、いまのうちに言っておく。いいかい。外まわりのときには、気をつけるように。危ないと思ったら、すぐに番屋に駆けこんで、思いきり騒ぎたてるんだ。町方のみなさんに声をかけてもいい。店の名前をあげて、大声をあげなさい。そうすれば、向こうも手出しはしにくくなる」

「ですが、それだと、店の名前に傷が……」

「かまわない。店なんて、どうでも」

口をはさむ誠仁に、善右衛門はきっぱりと言いきった。

「店が傾いたのなら、立て直せばいい。悪評が出たら、打ち払えばいい。いくらでもやり直しは利く。だけど、店の者はそうはいかない。失ったら、もうお終い。代わりの者はいないんだからね」

善右衛門は、店の者を見まわす。

「口はばったい言い方だが、おまえたちは全員、うちの子だと思っている。誰ひとりとして傷ついてほしくないし、傷つけるつもりもない。いいかい。なにがあっても、まず己を守るんだ。そのあとのことは、私がなんとかする。わかったかい」

「はい」

店の者は声をそろえて返事をした。みなの頰が赤い。

普段は厳しく口うるさい善右衛門であるが、身内に対する思いは人一倍熱い。だからこそ、みな最後までついていく。思いは胸に深く伝わっている。

「さあ、行きなさい。身体に気をつけて」

善右衛門が手を振ると、丁稚は走りだし、手代は誠仁に声をかけて帳面を開いた。店は熱気に満ちていた。

かすみは奥に入って、あきと会った。

あきは布団の上で半身を起こして、先刻の話を聞いた。今日の顔色はいい。

「まあ、さすがは私の旦那さま。惚れ直しちゃう」

「惚気《のろけ》はほかでやってください。それよりも、本所のことですが」

「わかった。旦那さまの魅力は騒ぎが終わったあとで、いっぱい聞いてもらうからね」

あきは手文庫から書付を取りだし、かすみに渡した。表情はがらりと変わり、眼光も鋭さを増していた。

「ここに、あたしの知りあいがまとめてあるから、会って話をして。いまの本所が危ないことはわかっているはずだから、すぐに手を打ってくれると思う。だから、お願いね」

「わかりました」

かすみは、書付に目を落とす。

そこには、花柳界の大物や大店の女房、飲み屋の女主人の名が数多く記されていた。いずれも女性で、かすみが名前を知っている人物も多い。

あきは今回の事態を憂慮しており、騒ぎをおさめるために、早くから動いていた。手紙を書き、ときには人を呼び、時間をかけて話しあった。

いつにない強い意志が感じられて、かすみが驚くほどだった。

「町が荒れているとき、女は狙われやすいからね」

「はい」

「気をつけていても、いきなり横から殴りつけられたら、どうにもならない。力で持っていかれてしまう。町を歩いているだけでも、ひどいに目に遭うかもしれない。それは、なんとしても防がないと」

あきの表情は真剣そのものだった。ここまで顔が引きしまっているのは、見たことがない。

「さっそく行ってきます」

「ちょっと待って。これを」

あきは包みを、かすみに渡した。

「お金。あたしのへそくりだから、どんどん使って」

「でも……」

「かすみちゃんは、店にこもっているつもりなんてないんでしょう。矢野さまや新九郎さんと一緒に、本所の町を守るために戦う。そう決めているんでしょう」

「それは、まあ」

四人目がかかわっている以上、他人事ではない。下手をすれば、正体が露見するかもしれないのだから、真剣に対応せざるをえない。

だが、それ以上に、本所の町を荒らされるのが嫌だった。

川崎屋に引き取られてから、およそ十年。穏やかで人情味にあふれる町は、もはや彼女の故郷だった。

知った顔も数多くいる。みなと笑って話をする瞬間は、かすみには至福の時だ。

それを壊されるのは、腹立たしい。損得抜きの意地であり、一歩も退くつもりはなかった。

「いくらあっても足りないはずだから」

迷ったが、なおも押しつけられて、かすみは受け取った。一礼すると、寝所を立ち去る。

気をつけて、という声が背後からしたが、それに答えることはしなかった。

振り向くと涙が出る……それはかすみの確信だった。

五

「どれぐらい、やられた」

「五人だ。もう長崎町界隈には、ふたりしか残っていねぇ」

「こっちだって、同じだよ。三人しかいなくて、橋の見張りに人がまわせねぇ。これじゃあ、深川衆がどんどん入りこんでくるぞ」

ちよの娼家は普段と異なり、男であふれていた。

板間には三人が固まって、絵図を広げながら、本所の守りについて語りあっていたし、その横では、長脇差を抱えた男が腕の傷の手当てをしていた。

娼家は荒くれ者の本陣で、ここから各所に指示を出し、深川衆を迎え撃っていた。五郎太は奥の座敷にこもって、北本所や両国の顔役と今後の策を話しあっていたし、ちよは女を集めて、食事の手配を進めていた。

表情は硬い。話をするときは小声で、いつものように怒鳴り散らす者はいない。それがかえって、板間に緊張感を与えていた。

新九郎は棒を抱えると、娼家を出た。

「どこに行くんだい」

声をかけてきたのはちよで、顔色は青い。

「見廻りだ。人手が足りないようなんでね」

「そうかい。気をつけるんだよ」

いつもより低い声に、新九郎は胸が重くなった。

町には緊張感が漂っていた。人通りはめっきり減って、棒手振の声も減っている。

子どもは裏長屋に引っこんだまま出てこないし、職人の女房は周囲をうかがいながら店先で話をしていた。丁稚ですら、荷物をしっかり抱え、速歩で大通りを駆けていく始末だ。

普段の本所と違う姿に、新九郎は腹立たしさを感じた。

「くそっ。よけいなことをしやがって」

新九郎は、剣次郎から話を聞いて、四人目が裏で動いていることを知った。なんらかの方法で、深川の荒くれ者をまとめ、本所に攻めこんできている。

攻勢は激しくなる一方で、町の者にも被害が目立つ。

青山長四郎と名乗る馬鹿は、自分の実力を認めさせて、武家として成りあがるつもりらしい。血筋のよさに誇りを持っていて、自分の進む道に迷いはなさそうだ、と剣次郎は語っていた。

阿呆らしい話だった。

四人目の立身出世に、本所深川の争いがどう絡むのか。いまのところ関連は見えず、ただ争いを派手に仕立てているようにしか見えない。

仮になにかあったとしても、罪のない町民を巻きこんでもよいものか。そんな道理も見えないのか。

新九郎が北辻橋に近づくと、橋詰めで下女が左右を見まわしていた。道に迷ったのか、顔には不安がある。

するると、茶屋の娘がさりげなく袖を引いて、店に引き入れた。店内で娘が声をかけると、下女は息を呑んだ。危うい場所にいることに気がつかなかったようだ。

「いつまで、こんなことが続くのか」

町の者がうつむきながら暮らす。その現実に、新九郎は耐えられなくなってい た。

「いっそ、斬りこんでやろうか」

川を渡って深川に乗りこみ、敵陣深く斬りこんでいく。相手が誰であろうとかまわない。ただただ前に進み、敵を倒していく。

ただでは済まないだろう。鱠《なます》のように切り刻まれて、川に放りこまれるかもしれない。それでも、なにもしないでいるよりは、はるかによかった。

獰猛《どうもう》な気分にあおられて、新九郎が視線を転じると、橋の向こう側に背の高い男が立っているのが見えた。

紺の着流しに二本差しだ。笠をかぶって顔を隠している。振る舞いは堂々としており、自然と目は惹きつけられる。

そのかたわらに立っているのは、着流しの武家だ。遠くからでも、こちらを見て笑っているのがわかる。

男たちの姿を見て、新九郎は直感した。

「あいつらがそうか」

四人目とその一味だ。顔が見えるところに出てきた。

新九郎は腹をくくった。決着をつけるのであれば、いましかない。

橋に向かうと、着流しの武家が先に渡って、新九郎の前に立った。

「おまえさんが新九郎か」

「そうだ」

「まさか、渡世人に落ちぶれているとはな。情けない」

「誰だ、あんたは」

「弥七という。長四郎さまの御用人を務めている」

「腰巾着か、だったら、あんたから先にぶっ倒してやる」

新九郎が棒を構えると、弥七も刀に手をかけた。緊張が高まる。

それがまさに弾ける寸前、ふたりの間に影が割って入った。

「そこまでにしてもらおうか」

痩せた武家だった。黒の羽織に、茶の小袖、青鈍《あおにび》の袴という地味ないでたちだったが、不思議とみすぼらしい印象はなかった。むしろ洒脱《しゃだつ》で、落ち着いた雰囲気を漂わせている。

笠をかぶっているので、顔は見えない。ただ、声は落ち着いており、殺気だった雰囲気に流されていないことはわかった。

「迂闊なことはするものではない。斬りあってどうするのか」

「なんだ、あんたは。どけ」

「やらせぬと言っただろう」

武家は巧みに、新九郎の進路を遮った。

「棒術を得意にしているようだが、まともにやりあったら、やられる。向こうは新陰流の達人だからな」

「なんだ、おまえは。なにを知っている」

「いいから退け」

武家が歩み寄ってきて、思わず新九郎はさがった。どうにも逆らえなかった。

「おまえも行け。ここではやらせん」

弥七は武家を見ていた。その目が大きく開かれている。なぜ、そこまで驚くのか、よくわからない。

結局、新九郎は武家に押されて、路地に入った。

「まったく無茶をする。あいつは新陰流を遣う。正面から戦ったら、斬られていたぞ」

「あんた、何者だ。なにを知っている」

「私か。私は、ほら、これだよ」

武家は、袖から小刀を出した。それは新九郎が持っているものと同じで、柄には三猿の意匠が彫りこまれていた。

「まさか、あんたも……」

「そう。おまえたちの言いまわしを借りれば、五人目だな」

武家は小さく笑った。不思議と軽さを感じる。

四人目に次いで、五人目まで出てきた。笑い話だと思っていたが、本当のことになろうとは。

「ちょっと話したいことがある。付き合え」

「なぜ、私が」

「いいから、他の連中も来ているぞ」

武家が見つめた先には、剣次郎とかすみの姿があった。表情には困惑がある。

「その料理屋の二階をおさえてある。ほら、行くぞ」

武家は先に立って歩きはじめた。不思議と逆らえず、新九郎はあとに続き、剣次郎の横に並んだ。

「どういうことですか、これは」

「俺だってわからないよ。いきなり呼びだされて連れてこられたんだ」

「かすみちゃんもそうなのか」

「そうだよ。来てみたら、あんたが斬りあいをしそうになっていて驚いたよ」

「すべてを知っているのは、あの男だけか」

新九郎は武家の背を見つめる。ならば、いまは従うしかなさそうだ。

四人は料理屋に入ると、二階の座敷に案内された。輪になって座り、互いの顔を見る。

「ほう、なかなかいい店だな。落ち着いて来てみたいものだ」

武家の声はよく透った。自然と聞き入ってしまう。

「おまえさん、何者だ？」

新九郎は口を開いた。これ以上、振りまわされるのはごめんだ。

「小刀を持っていたな。つまりは……あの男が父親ということか」

「そういうことになる。とりあえず、敏次郎《としじろう》と名乗っておこうか」

敏次郎は笑った。

「もうすぐ四十になるから、このなかでは、私がいちばん年上だな。兄として敬え……とは言わぬが、よろしく頼む」

「その兄さまがなんの御用で」

かすみは目を細めて、武家を睨みつけた。

「大事な話があると申していましたが」

「そうよ。おぬしたちとは、この先のことを話しあいたいと思って、声をかけた。このねじ曲がった本所と深川の争いを片づけるのは、いまを置いてない」

「事情を知っていると」

「知っているもなにも、長四郎を焚きつけたのは、この私だ。結果的にではあるがな」

「なんだと」

敏次郎は料理が運ばれてくるのを待って、話をはじめた。

「順を追って話そう。長四郎の母親が商家の娘であることは知っているな。旗本の養女という形式は取ったが、実家とのつながりが切れることはなかった。その実家は、木場《きば》の材木問屋でな。美濃屋という。知っているか」

「もちろん。木場屈指の老舗で、先だっても大名屋敷の普請《ふしん》にかかわったばかりだ」

新九郎は驚いた。まさか、それほどの大物がかかわっていようとは。

「千両や二千両なら、ひと声で動かす。仲町の見世を借りきって、武家筋をもてなしたのは去年のことだ」

「いつも堂々としているよ。威張り散らさないのは、自信の表れだな」

「さすがだな。本所の眼。よく見ている」

敏次郎に言われて、剣次郎は顔をしかめた。いつもの調子が出ないようで、表情は冴えない。

「長四郎が十五のとき、美濃屋はつながりのあった幕閣を動かし、長四郎を正式に旗本として認めてほしいと持ちかけてきた。常ならば一蹴するところを、あまりにも持参金が大きかったため、目がくらみ、美濃屋の意見を受け入れようという流れに傾いた。浅ましいが、こればかりはどうにもならぬ」

「目がくらむって、いったい、いくら積んだんだい」

「確かめただけで一万両。実際には、もっと出ていただろう」

新九郎は息を呑んだ。かすみも剣次郎もなにも言わない。

「ここで、困ったのは大奥よ。放りだした子どもが旗本になったとなれば、沽券にかかわる。さらに言えば、ほかの子どもが金で地位を求めてくれば、面倒なことにもなろう。ほら、うちの親父は見境なしの獣だ。どれぐらい隠し子がいるのか、わかったものではないから、早々に長四郎は押さえこむ必要があった。そこで、私に声がかかった。なんとかしてくれ、と」

「なぜ、おぬしに」

「事の次第を知る立場にあったからだ。望んだわけではないが、親父の行状にはなにかとくわしいのでな。やむなく長四郎と会った」

敏次郎は苦笑いを浮かべた。

「それで、どうなった」

「どうもこうも。向こうは旗本になって当然と思っていたからな。宥めすかすのに苦労した。美濃屋がそのように育てたこともあるのだろうが、みずからの血筋に異様なまでに誇りを持っていてな。出生の秘をあきらかにすることを、ためっていなかった。そんなことをされたら、天下がひっくり返るのにな。最後には、直に親父に会って話をするというから、たまらず言ってやった」

「なんと言ったので」

「大身旗本《たいしんはたもと》になりたければ、それにふさわしい実績をあげよ。家臣を集めて、家をとりまとめる能力があることを示せ。話を聞くのは、それからであるとな。長四郎はなおもくどくど言っていたが、無理に言い聞かせた。それが五年前か」

「まさか、それが今回の件のきっかけであると」

剣次郎は敏次郎を見た。

「武家になれると思って、こんなままごとのような争いをはじめたというのか」

「阿保らしい」

新九郎は首を振った。

「こんなことをして、本気で旗本に取り立てられると思っているのなら、相当の馬鹿だね」

深川のやくざ者をまとめて本所を攻めたてることと、武家の器量をはかることに、なんのかかわりがあるのか。接点はどこにもない。

「それほどの間抜けなんですかねえ」

「そこだ。じつは、長四郎は頭がまわる。私の出した話がなんの中味もないことには、とうに気づいていた。にもかかわらず、深川で騒ぎを起こした。その狙いは、どこにあるのか」

しばしの沈黙のあと、口を開いたのはかすみだった。

「騒ぎを起こすこと、そのものが目あてだったと」

「さすがは地獄耳。勘がいい。深川と本所で合戦となれば、当然、幕閣の耳目を引く。奉行所を通じて、事の次第もすぐにわかる。騒ぎの中心に、将軍の血を引く者がいるとなれば、無視はできず、面倒になる前におさめようとして手を尽くす。無理やりに叩くのも一手だが、将軍の息子が相手となると、なにかあったときに面倒だ」

「そうか。そこで懐柔《かいじゅう》か。いきなり大身旗本は無理でも、武家として正式に取り立てることはできるか」

「すでに話ははじまっている。笑い事では済まされない」

新九郎は驚いた。四人目は本所、深川を使って、お上に脅しをかけていたわけか。豪快な一手で、美濃屋の財力があってこそできる話だ。

「それでも、事がうまくいきすぎているように思える。こんな脅しで、本当に幕閣が納得するのか。たかが、江戸の騒ぎだろう」

剣次郎が首をひねると、敏次郎が笑って応じた。

「いいところに気づいた。南町の同心は伊達ではないな」

「褒められても、まったく嬉しくないがね」

「素直になれ。おかげで、こちらも話しやすくなった」

「どういうことだ」

「いま天下は大きく揺れている。それは、おぬしたちも肌で感じていよう」

敏次郎は三人を見まわした。その表情は引きしまっている。

「一揆は、ここのところ増える一方だ。お上のやりように、多くの民が不満を持ち、命がけで訴えを起こしている。表沙汰にならないだけで、老中への駕籠訴《かごそ》は山のようにある。外に目を転ずれば、異国からの船が押し寄せ、あちこちで騒ぎを起こしている。軍船から砲撃を受けたこともあり、海防にあたる大名は神経を尖らせている。この先のことはどうなるかわからぬ」

「……………」

「にもかかわらず、江戸の城は、さながら凪の海に浮かぶ船のように、穏やかそのもの。揺れる天下などないかのように振る舞っている。大奥では贅のかぎりを尽くし、そして、親父殿は頭が獣にでもなったかのように女の尻を追いかける始末だ。この間も、我らの妹が生まれたよ」

新九郎は額を押さえた。まだ親父は子を作っているのか。

「追いこまれている旗本や大名にとっては、これほど腹立たしいことはない。懸命に領地のことを考えているのに、肝心の将軍が女しか見ていないのだからな。いまさら、お上をどうこうしようとは思わないが、お灸のひとつも据えてやりたくなるだろう」

「それが、長四郎の件とどうかかわってくる」

「大名が裏で手を貸しているということだ。金を出し、わざと騒ぎが大きくなるように仕向けて、自分たちが怒っていることを知らせようとした。そういうことだ」

「そんな」

将軍の息子が大名と手を結べば、大事になる。

いまはなにもなくとも、将来、天下が揺れたときに、幕府を揺るがすきっかけになる。少なくとも幕閣はそのように考えて策を講じざるをえないし、将軍家斉もなんらか手を打つ必要が出てくる。

「それで、言いだしっぺの私に、お鉢がまわってきた。あおったのは間違いないからな。大事にならぬうちに、根を断つ」

「根を断つというのは？」

「そのままの意味だ。大元を叩いて事を終わらせる」

敏次郎の眼光が鋭さを増した。どうやら本気らしい。

「今日、話をしにきたのは、手を借りたいと思ってのことだ。おぬしらは、本所の民として、事の次第を最初から知っていて、話が通じやすい。しかも、私の兄弟ときている。どうだ。やってくれぬか」

「どうして、あたしたちのことを知っていたんですか」

「知る立場にあったからだよ、かすみ。長四郎のときと同じだ」

「あなた、いったい何者ですか」

かすみの舌鋒は鋭い。剣次郎も鋭い眼光で、敏次郎を見ている。

新九郎も気になった。あまりにも内情にくわしすぎる。

町の事情はともかく、武家筋の裏事情もつかんでいるあたりは普通ではない。幕閣の使いということも考えられるが、それにしては洒脱が過ぎる。武家の用人は、もっと威張り散らしているものだ。

剣次郎は気づいていないのか。彼の眼をもってすれば、正体に迫ることもできると思われるが。

視界の片隅では、剣次郎が正面から敏次郎を見据えていた。

「ひとつ、聞きたい」

「なんだ」

「俺たちを探っていたのは、おまえさんかい」

「そうだ。弟妹がどのようなものか、気になってな」

「あれは、おまえさんの家臣かい」

「そうだよ。手練なんだがね、おまえたちには気取られてしまったようだ」

剣次郎は敏次郎から視線を逸らすと、ひとつ息をついた。

「わかった。手伝おう。どうすればいい」

「旦那、本気ですか。こんな得体の知れない奴の話、信じるんですか」

かすみが割って入っても、剣次郎の意志は変わらなかった。

「争いを放っておくわけにはいかねえ。片づけるなら、いまを置いてない」

「でも、こんなわけのわからない奴の言いなりになるなんて」

「いまの俺たちでは、突っこみどころすらわからねえ。なら、ここは頼らせてもらうよりあるまい」

剣次郎がここまで言いきるからには、なにか理由ある……。

おそらく例の神の眼で、新九郎たちにはわからない事実をつかんだのだろう。

そのうえで、自分はどうするか。あくまで独自に走るか。それとも……。

新九郎はかすみを見やった。

「かすみちゃん、旦那の言うとおりにしよう」

「新九郎、あんたまで」

「ほかに方法がない。だったら、乗ってみるのも悪くない」

かすみは新九郎、敏次郎、最後に剣次郎を見た。瞳の輝きは、思いのほかやわらかく、信頼の色があった。

「わかった。旦那の言うとおりにしよう。けれど、こいつが変な動きをしたら、そのときは……いいね」

「地獄耳の言葉、ありがたく受け取ろう。この先、よろしく頼む」

敏次郎は頭をさげた。

「さて、この先のことを話したいが、よいかな」

新九郎がうなずき、かすみは懐から書付を出した。剣次郎が手を振ると、待っていたかのように敏次郎はゆっくりと、この先の策について語りはじめた。

それはきわめて緻密で、相手の急所を鋭く突くものだった。

六

「剣次郎、そっちへ逃げたぞ」

「まかせてください」

人混みをかきわけて髭の男が飛びだしたのを見て、剣次郎は走った。

「神妙にしろ」

「うるせえ」

男は懐から短刀を取りだして、大通りを横切る。

悲鳴があがって、町民がいっせいに左右に飛び散る。

残ったのは子連れの女房だった。なにが起きているのかわかっていないようで、子どもの手を取って立ち尽くしている。

男がふたりに迫るのを見て、剣次郎は鞘ごと脇差を腰から抜いて、投げつけた。

狙いは違わず、男の背に脇差が当たり、足が鈍る。

ひと息に剣次郎は追いついて、背後から腕を取り、押し倒した。

男は罵詈雑言《ばりぞうごん》を並べて逃げだそうとしたが、剣次郎は相手にまたがって動きを封じ、それを許さなかった。

「よくやったぞ。逃がしたら、大変なところになるところだった」

男を他の同心に引き渡したところで、的場が声をかけてきた。顔は汗で濡れている。

「刃向かうとは思っていたが、ここまでとはな」

「ですが、これで一同、取り押さえることができました」

剣次郎は、的場やほかの同心とともに深川衆の捕縛に赴いていた。場所は回向院門前の料理屋で、三日前から渡世人が居座っていた。

隣の店にも迷惑をかけていて、放置しておけないということで、南町の同心が出向いたのだ。激しく暴れた者が出たものの、味方に怪我人はなく、町の者も無事だった。

「あんなところに居座られたら、参拝の客も嫌な目に遭う。弁天やら広小路でも騒ぎが起きたかもしれん」

「それも奴らの狙いでしょう。容赦がない」

「早めに手を打つことができてよかった。これで回向院は安泰だ」

これまで攻めこまれる一方だった本所側だが、ようやく深川衆を押し返すことができた。反撃の糸口をつかんだと言える。

「それにしても、おまえ、よく寺の許しを得たな」

的場が横目で剣次郎を見た。

「町方も多少は口は出せるが、門前となれば、寺社の縄張りだ。堂々と同心が乗りこんでの捕物なんて、そうそう簡単にはできねえ。御奉行さまから話を持っていっても、半月やそこらはかかっちまう。よくも、こんな短い間にできたな」

「それが、ちょっと伝手がありまして」

「何者だ」

「そいつはご勘弁を。名を明かしてはいけないことになっているので」

寺社との交渉を引き受けたのは、敏次郎だった。知らせたわけでもないのに、いつの間にか事件の内情をつかんでおり、捕物ができるように手を打ってくれた。あまりの速さに剣次郎があわてたほどで、気がついたときには奉行から許しが出て、捕物の日時まで決まっていた。

「一度、会ってみたいものだ」

「そいつは無理かと。なかなか表に出てくる人ではないので」

「言ってくれるな」

「それより、的場さん。料理屋に連中が居座っているとよくわかりましたね。あいつら、隠していたみたいなのに」

「ああ、それはな。隣の店の下女から、知らせが届いたんだよ。その日の夜にはな」

「直に的場さんにですか。すごいですね。知りあいかなにかですか」

「いや、会ったことはない。ただ、川崎屋の女房から前に手紙をもらっていてな。町の女が駆けこんできたら、顔を合わせて話を聞いてくれと記されていた」

「川崎屋って、あの古着屋のですか」

川崎屋の女房については、かすみから話は聞いていた。すごい人物だと言っていたが、まさか、的場を動かすとは。

「あの女房には、油問屋の不義を片づけたときに世話になってな。頼み事をされると断れねえんだ」

的場は頭をかいた。

「おとなしそうな顔をしているが、たいした玉だぜ」

「そのようですね」

「まあ、悪い奴じゃねえから、放っておいていいさ。いまは目の前の敵だ」

「はい。押し返すなら、いまを置いてありませんから」

先日も、剣次郎は横川の河岸で深川衆を取り押さえた。三人を相手の大立ちまわりだったが、町の者の助けもあって、なんとか縄をかけることができた。

五日前には、的場が同心を率いて深川衆のねぐらに飛びこみ、十人の渡世人と商家の手代を捕まえた。

ねぐらの場所を教えたのは剣次郎だったが、じつは、それを知らせてきたのは敏次郎の使いだった。場所はもちろん、出入りしている男女のことまで知らせてきて、内容の細かさには驚いた。

「さて、連中のねぐらを吐かせるぞ。仲間も全員引っ捕らえてやる。おまえも手を貸せ。番屋でやるぞ」

「わかりました」

七

かすみが小刀を出すよりも早く、下女が箒で男の頭を叩いた。

「出ていけ。深川のまわし者が。恥ずかしくないのかい」

若い男は、殴りかかろうとしたが、箒で頭を叩かれて、逆に店から追いだされてしまった。頭から灰をかけられたのは、路地から大通りに出た直後だ。

下女が仁王立ちで、男を睨む。

「おととい来やがれ。顔がいいからって、なんでもできると思うなよ」

「そうとも、本所を好きにはさせないよ」

店から出てきた女たちがそろって罵声をあげると、若い男は顔も着物も真っ白のまま立ち去った。

「ようやく行ったね。腹が立ったらありゃあしない」

かすみのかたわらに立ったのは、縦にも横にも大きい洗濯女だった。店のまとめ役を務めていて、豪快な振る舞いで有名だ。男が相手でも平気で喧嘩を仕掛けるが、それでいて当人はか弱い女のつもりでいるから、たまらない。

洗濯女は、かすみに頭をさげた。

「ありがとうよ。かすみちゃん。おかげで、馬鹿な男に引っかきまわされずに済んだ」

「いえ、とんでもない」

世話になったのは、かすみのほうだった。

相生町の洗濯屋に深川衆のまわし者がいるという知らせがあって、かすみは店に赴いたが、どうやって追いだしたらいいのかわからなかった。そこで、馴染みの洗濯女に相談したところ、仲間や下女に声をかけ、まわし者を囲いこみ、相手に反論を許さずそのまま叩きだした。

男は短刀を取りだしたが、それも箒ではたいて落としてしまった。

荒っぽいやりかたには驚いたが、おかげで怪我人を出すこともなく、深川のまわし者を追い払い、拠点をひとつ潰すことができた。

「こちらこそ、助かりました。ありがとうございます」

「なにを言っているんだよ。あたしたちは、やりたいようにやっているだけさ」

「そうさ、そうさ」

下女たちが声をあげ、笑い声が響く。

深川衆の攻勢に対して、本所の女は団結して対抗していた。そこには、あきが出した手紙の効果もあったが、彼女たち自身のみずから本所を守ろう、という強い意志が感じられた。

「それじゃあ、あたし、行きますね」

「ちょいとお待ち。ほら、あんたは、すぐ背筋が曲がる」

洗濯女に背を叩かれて、かすみはうめいた。

「ひっ」

「背が高くて見映えがいいんだから、しゃんとして歩いていないともったいないよ」

「欲しい着物があったらいいな。ここから持っていけばいいから」

「なにを言っているんだい、この子、古着問屋の奉公人だよ」

「それもそうだ」

大きな笑い声に見送られて、かすみは洗濯屋を出た。

まったく本所の女は強い。これなら、安心してまかせていられる。

「さて、次は川向こうか」

かすみは書付を見た。そこには、本所にもぐりこんだまわし者について記されている。

送ってきたのは、敏次郎の使いだ。腹立たしいが、彼からの知らせは常に正しく、この三日で五人の間者を追いだすことができた。あとひとりで、南本所にひそむ深川衆はすべて片づく。

これだけ居所をつかんでいるとは。あの男は、いったい何者なのか。

かすみは敏次郎の正体について考えながら、路地に入る。

不意に漂う雰囲気が変わり、首筋が冷える。

振り向くと、先刻の若い男が、かすみを睨みつけていた。灰がまだ残っていて、鬢や着物の肩が白く染まっている。

その後ろには、背の高い武家がいた。口元は引きしまり、表情は硬い。

「おまえが、かすみか」

「そうだよ。もしかして、あんた、弥七かい」

「だとしたら、なんだ」

「やっぱり、そうかい。話には聞いていたよ」

剣次郎に手を引くように言い、新九郎に喧嘩を売った武家が目の前にいる。軽い雰囲気の男だと聞いていたが、ずいぶんと違うように思える。

「用があって来たんだろう。さっさと言いなよ」

「手を引け。これ以上、かきまわされては困る」

「冗談じゃない。仕掛けてきたのは、そっちだろう。あたしたちは、町を守るために戦っているんだ。なにがあっても退くものか」

「だったら、無理にでもさがらせる。手間はかけたくないが」

弥七は刀に手をかけた。こんなところで手を出すのか。

周囲を見まわしたが、人の気配はなかった。ちょうど人の切れ目に入ったのか。

それとも深川衆がまわりを押さえているのか。

善右衛門は番屋に駆けこめと言ったが、それもできそうにない。

かすみは袖の小刀に手をかけた。

弥七は間合いを詰め、殺気が高まる。

カン高い声がしたのは、その直後だ。

「あいや、待て。かよわい女子に手をかけるとは、それが武士《もののふ》のやることか」

振り向くと、白髪の老人がよろめきながら出てくるところだった。長脇差を差
しているが、身体が細いせいか似合っていない。

「ええい。この儂が相手だ。尋常に立ちあえ」

老人の顔には見覚えがある。たしか、義右衛門といったか。新九郎の身内で、
かつては火消しだったと聞く。

義右衛門が前に出ると、それを追って絣の男が姿を見せた。

「馬鹿、爺さまが顔を出してどうするんでえ」

「なにを言うか、八十助。女性《にょしょう》が危ないのだ。ここで引っこんでいてどうする」

「ああ、まったく、だから、この爺さまは……」

「あんた、新九郎の身内だよね。どうして」

八十助と呼ばれた男は、苦笑いを浮かべた。

「新九郎さんに言われて、ずっと張りついていたんですよ。あのお嬢は無茶をするから、きっちり守ってやってくれって」

「新九郎が」

「実際、何度も危ない橋を渡っていましたぜ。知らずにすいすい進んでしまうものですから、見ているこちらがヒヤヒヤしましたぜ」

「ずいぶん助けてもらったようだね」

「いまだって、追いだした奴がどこに行ったかも確かめず、うろうろ出歩くんですからね。たいした肝っ玉で」

「迷惑をかけたみたいね」

「無駄口はそれぐらいにしろ。来るぞ」

弥七の背後に、深川衆が姿を見せる。五人で、いずれも短刀を持っていた。

八十助は懐に手を突っこんだ。義右衛門も長脇差に手をかける。

「お嬢、逃げてください。ここはなんとか」

「行け。こんな雑魚、儂らだけで十分よ」

義右衛門が高らかに吠える。いい声だ。

「じゃあ、まかせた。危ないと思ったら、さっさと逃げるんだよ」

「お嬢こそ、しっかり逃げきってくださいよ」

かすみはうなずくと、背を向けて走りだした。

背後で声があがる。気にはなったが、自分がよけいなことをしては、かえって足手まといになろう。かすみは細い路地を抜けて、全力で大通りに向かった。

八

新九郎は、渡世人に棒を突きつけた。

「ほらほら、どうした」

渡世人は長脇差を振りまわしたが、それは空を切るだけだった。

「おまえの刀は、風車かい。まわっているだけではなんの役にも立たないよ」

「この野郎」

「でも」

「遅い」

渡世人が踏みこんできたところを狙って、新九郎は棒を突きだした。

強烈な一撃は額を叩く。

気を失って、渡世人はあおむけに倒れた。

あざやかな新九郎の技に、彼を囲んでいた荒くれ者はさがった。目線は落ちており、戦意を喪失しているのが見てとれる。

「来ないのなら、こっちからいくよ」

新九郎は踏みこんで、棒を右に左に振って、深川衆を叩きのめした。

最後のひとりが無言で地面に崩れ落ちるまで、さして時はかからなかった。

「たわいのない」

新九郎は、北辻橋を渡った先の火除地で、渡世人と戦っていた。やるつもりはなかったが、表店の根城《ねじろ》を訪ねて声をかけると、いきなり喧嘩を仕掛けてきた。

どうにも話がつかなかったので、新九郎は火除地に彼らを誘った。

相手は五人で、いずれも長脇差を持っていたが、腕の立つ者はおらず、新九郎の敵ではなかった。

「そろそろ、終わりかね」

新九郎とその仲間は、ここのところ、根城を立て続けに襲って、深川衆を倒してきた。それは七日で六つという速さで、本所の仲間をすべてつぎこむ大仕掛けとなった。五郎太もみずから先陣を切ったのであるから、恐れ入る。

先手を取られて、深川衆は大きな打撃を受けている。

三日前には、船に乗った深川勢の主力が大川で転覆して、大半の者が溺れ死ぬという事件にも見舞われ、勢力は大幅に後退した。

あとは根っ子を切り倒すだけだが、どうするか。四人目を直に攻めることができれば、それに越したことはないが。

新九郎は背を向けて、火除地から立ち去ろうとした。

その直後、背後から声があがり、あわてて振り向くと、先刻、棒で額を叩いた渡世人がよろめきながら倒れるところだった。

「危ないですぜ、新九郎さん。しっかりとどめを刺さないと」

若い男が語りかけてきた。右手には木刀がある。

「死んだふりって策もあるんですから」

「おまえは、彦助か。旦那の手下の」

「覚えていてくれましたか」

剣次郎が手下を紹介してくれたのは、ふた月前のことだった。これから使いに出すこともあるので、よろしく頼むと。

新九郎は、剣次郎の手下嫌いを知っていたので驚いたが、話をしてみると、迎え入れる気持ちもわかるように思えた。

気立てがよく、目端が利く。なにより本所の町が好きで、町の者を守るためならなんでもすると意気込みもあふれていた。

その後、彦助と新九郎は何度か顔を合わせた。集めてきた話は興味深く、その能力の高さに驚かされた。

「気を失っていなかったのか」

新九郎は男を見やった。

「騙し討ちするつもりでしたね。仲間がやられても平気な顔をして横になっていたんだから、たいしたものですよ」

「それで、おまえさん、どうして、ここに」

「旦那に言われたんですよ。新九郎さんは危なっかしいから、背中を守ってやれって。調子に乗って好き勝手やったところで狙われるって言ってましたよ。図星でしたね」

「よけいなお世話だよ。あれぐらい、かわせた」

「さようで。それは失礼しました」

彦助は笑った。見透かされているようで、新九郎は腹が立った。

「用はそれだけかい」

「いいえ。書状を持ってきました。例のお人からの知らせが来たようで」

「まめだね。よく寄越す」

敏次郎は、みずからが語ったとおり、新九郎たちを熱烈に手助けしていた。書状を細かく寄越して、深川勢の動向を知らせた。ときには、対応策も記してくれることがあり、よけいなお世話だと思いながらも、それに従った。

敏次郎の知らせは正確で、新九郎たちが深川勢の根城を立て続けに潰すことができたのも、彼のおかげだった。

「いったい、何者なのか」

いまのところ、見当もつかなかった。相当の人物であることはわかるが、具体的に思いあたる相手はいない。

「旦那は、なにか言っていなかったかい。例のお人について」

「聞いておりません。私は単なる手下ですから」

「どうだか」

新九郎は笑って、彦助から書状を受け取った。一読して口元を引きしめる。

「どうしました」

「いよいよ勝負どころだね。奴ら、動くよ」

新九郎が書状を渡すと、彦助は目を通した。

「これは、また」

「旦那も知っているのだろう。さっさと手を打つとしよう」

新九郎は、彦助を伴って火除地をあとにした。

いよいよ正念場だ。深川と本所の戦いも、これで決着がつく。

九

剣次郎が三囲神社の裏手にたどり着いたとき、すでにかすみと新九郎は着いていて、松の木の陰で彼を待っていた。

朱に染まった晩秋の大地で、三人は顔を合わせた。

「旦那、遅いですよ。なにをしていたんですか」

新九郎の突っこみに、剣次郎は顔をしかめた。

「的場さんにいろいろと聞かれていたのさ。あの人、勘が鋭いんだよ」

「それで、なんと言ったんですか」

「気になることがあるから、三囲神社の先へ行くと。たぶん、見抜かれたな」

「奉行所は動きそうですか」

「無理だな。いまは、深川の押さえに夢中だよ」

「だったら、あたしたちがなんとかしないと」

かすみは三囲神社の裏手に目をやった。

雑木林に寄り添うように、寮が建っている。藁葺きで、母屋は地方の農家を思わせる造りだった。雨戸が閉ざされていることから、室内を見ることはできないが、離れていても人の気配は感じられた。

「あそこですよね」

「そうだな。人はもう集まっているようだ」

「意外でした。まさか北から攻めてくるなんて」

「しかも、今回は頭領がみずから出てくる。勝負をつける気満々ですね」

新九郎が笑った。己を嘲るような表情は普段と変わらず、決戦を前にして落ち着いているのが見てとれる。

本所をめぐる戦いは終盤を迎えている。深川衆は追いつめられており、打つ手を失いつつある。

追いこまれた深川衆が望みをつなぐため、大きな騒動を起こすことは予想がついた。そこに敏次郎からの知らせが来て、三人は北本所に赴いたのである。

彼の書状には、深川衆が三囲神社の裏手に集結して、本所への襲撃を計画していると記されていた。数は二十で、夜の闇に乗じて本所の各所に入りこみ、火をかけるとのことだった。

晩秋の風にあおられれば、本所は焼け野原だ。

最悪の事態を避けるため、剣次郎は新九郎とかすみに声をかけ、深川衆の拠点に向かった。数を最小限にしたのは動きを気取られないためだったが、一方で、町方も渡世人も深川衆の北上に対応するだけで精一杯で、援軍を出すゆとりはなかった。

「かすみ、おまえはついてこなくてもいいんだぞ」

剣次郎の言葉に、かすみは笑って応じた。

「なにを言っているんですか。これしか数がいないのに。ふたりじゃ、もっと駄目でしょ」

「そうは言っても、なにが起きるかわからねえ」

「自分の身は自分で守れます。逃げ道も用意してあります。なんと言われても、行きますよ」

かすみは、水戸家の屋敷にあきの知りあいがいて、いざとなったらかくまってもらうと語った。

「段取ったのは屋敷の下女か」

「女のつながりを舐めてもらっては困りますね」

「こっちも船を用意してある。義右衛門爺さまのお声がかりですがね。ただ、船頭がいなかったんで……」

「大丈夫だ。彦助を行かせている」

彦助は吾妻橋のたもとで待機して、真夜中になっても戻ってこなかったら、船を出して、彼らを探すことになっていた。

「行くぞ」

剣次郎はふたりを率いて、寮へ向かった。

考えてもしかたがないので、正面から突破するよりなかった。

夕闇が原野を呑みこむ寸前、三人は寮の前に立った。

「では、やりますかね」

「よく、そんなもの用意できたな」

「まあ、これぐらいは」

新九郎は、背負子から火薬玉をおろして、目の前に並べた。火をつけると、立て続けに放り投げる。

爆発が起きて、寮の周囲は煙に包まれた。

ひとつは屋根に命中して、藁を燃やしていく。

「何事だ」

雨戸が開いて、渡世人が飛びだしてきた。剣次郎は裏木戸を破って、母屋につながる道を駆け抜ける。

「なんだ、てめえ」

ひとりが長脇差に手をかけるが、抜くよりも早く剣次郎が腕を切り飛ばす。

絶叫と血飛沫をかいくぐって、ふたり目を袈裟で斬る。

新九郎も縁側にまわりこみ、得意の棒で渡世人を薙ぎ払った。

「くそっ。敵は何人だ」

「二十。いや、もっといるかもしれねえ。数が多すぎる」

煙が広がって、母屋が霞む。渡世人はひどく混乱して、長脇差は抜いたが、誰を相手に戦っていいのかわからないようだった。ときおり悲鳴があがるが、それは同士討ちの声だった。

「かすみ、そっちへ行ったぞ」

「平気です」

大柄な女は小刀を抜いて迎え撃った。

煙が風に流れて視野が広がったところで、三人の男がかすみに迫る。

「危ない」

かすみはさがると、懐に手を突っこんで、なにかをばらまいた。

途端に、渡世人の動きが変わる。

「うおっ、金だ」

ふたりが金に眼を奪われたところで、かすみは残ったひとりの懐に入り、その目を切り裂く。あわててふたりが長脇差を構えるが、そのときには、剣次郎が横から迫って足を切り落としていた。

「ばらまいたのは、一朱金か」

「あきさまがくれたんです。小判でくれたのを両替しておいて。別のところで使うつもりだったんですけれど」

「もったいないから、あとで拾っておけよ」

「けちくさい。それでもお武家さまですか」

「武家だから、金にうるさいんだよ」

剣次郎は迫る渡世人の顔を、軽く斬った。血と悲鳴が同時にあがる。

「旦那」

新九郎の声に顔を向けると、母屋から背の高い男が出てくるところだった。

弥七だ。

すでに刀を抜いており、彼らを見つめる眼には強い敵意があった。

剣次郎が前に出ると、新九郎とかすみが背後を固めるような位置についた。守るという意志がきっちり伝わってきて、なんとも心強い。

「終わりだな。さっさと四人目を連れてさがるがいい」

剣次郎が毒づくと、弥七は目をつりあげた。

「まだだ。まだ終わっていない。立て直して仕掛ければ、かならず我らが勝つ」

「無理だ。今日、ここに来たことが証しだろう。明日にも、美濃屋に奉行所の手が入る。それで終わりだ」

「まだ終わらぬ。我らが手を尽くせば……」

「諸国の大名も動かぬ。もう手配済みだ」

今日、届いた敏次郎からの文には、大名が長四郎の件から手を引いた旨が記してあった。老中か、あるいは、その上が動いたのかもしれない。深川での騒動が幕府の弱味にならぬように、峻烈《しゅんれつ》な策を講じたというわけだ。

「あとは、おまえたちだけだ。さっさと退け。さすれば手は出さぬ」

「なにを言うか。これから、これからだ。長四郎さまは旗本となる。正しく血筋が認められるときが来たのだ」

「馬鹿なことを。とうに我らは見捨てられている。取り立てなどありえぬ」

家斉は、獣であるが、無能ではない。子どもの価値を冷徹にはかり、自分にとって役に立つかどうかを正しく見抜いている。

使えるとなれば、手元に置き、機会を見計らって大名のもとに嫁か、養子として送りこんで、みずからの勢力に引きずりこむ。

十二男の斉荘《なりたか》は田安家の養子となったし、十二女の浅姫《あさひめ》は福井松平家の嫡男と縁組みした。姫路酒井家に嫁いだのは、二十五女の喜代姫《きよひめ》だ。

母親とその後ろ盾がしっかりしていれば、家斉は自分の子として認め、政治の道具として使う。

一方で、剣次郎や長四郎のように、母の身分が低く、自分の役に立たぬと判断すれば、容赦なく捨てる。子どもはあまっているのだから、無理して手元に置く必要はない。

家斉も、彼らの顔など覚えていまい。いまさら自分の子として正しく認めることなどありえなかった。

「これ以上は、長四郎の命にもかかわる。退け」

いらない子どもへの配慮はない。邪魔と見れば、消される。

弥七はうつむいた。右手が細かく震える。

わかっていても認めるのは厳しいのか。

じつのところ、彼の気持ちはわかる。自分もいらない子どもであり、消されてもおかしくないと思ったときには、怒りと虚しさを覚えた。

だが、それでも剣次郎は生きていく。

ひとりではないから。支えてくれる仲間が、背後に立っているから。

おそらく、かすみや新九郎も思いは同じはずだ。

背後に立つふたりの気配を感じながら、剣次郎は弥七と対峙した。

「決着をつけよう」

「来い」

剣次郎は八双に構えて、間合いを詰める。

一方の弥七は身体から力を抜いて、静かに立っている。眼光も鋭さはない。

だが、押し殺そうとしても漂う殺気から、剣次郎を敵視していることはわかる。

いったい、この男は何者なのか。単なる従者とは思えない。

剣の腕は立つ。頭もよくまわる。常に陣頭に立つ胆力もある。

なによりも、この迫力。修羅場をくぐった者に出せる覇気を漂わせている。

やはり、この人物こそが……。

剣次郎は、青眼に構えて間合いを詰めた。

弥七は力を抜いて、大地に立っている。達人にしかできない自然な振る舞いだ。

北からの風が吹き抜け、砂塵が舞いあがる。

殺気が高まり、それが頂点に達したところで、剣次郎は大地を蹴った。弥七との間合いに踏みこむ。

刀を振りあげたところで、弥七が前に出てくる。

間合いがずれて、剣次郎は横に跳ぶ。

そこに、弥七が一撃を放つ。

切っ先が喉をつらぬく寸前、鈍い音がして、刃の軌道が変わる。

かすみが小刀を投げ、刀を弾いていた。

次いで、新九郎の小刀が飛び、弥七の膝をつらぬく。

よろめいたところで、剣次郎が左袈裟に刀を振りおろし、弥七の肩から胸のなかばまで斬り裂いた。

血が噴きだして、弥七はよろめく。なおも刀を振りあげようとしたが、耐えられず、その場に崩れ落ちた。

大きく息を吐きだした剣次郎も、思わずよろめいた。

その身体を、背後のふたりが支えた。

「大丈夫ですか」

「おかげでな。助かったぞ」

「借りはいずれ返してもらいます。ああ、例の団子屋はなしですからね」

新九郎の軽口に、剣次郎は笑みを返す。

「行くぞ」

ふたりを伴って、剣次郎は母屋に入った。屋根の火事は思ったよりも広がっておらず、座敷には煙が入りこむ程度だった。

剣次郎は、座敷と奥の間をつなぐ襖の前に立つ。

もし、弥七が言うとおりただの従者なのであれば、この向こうに四人目がいるはずだ。

まだ会ったことのない兄妹が。

大きく息を吸いこむと、剣次郎は一気に襖を開けた。

十

橋を渡り終えると、剣次郎は河岸に近いところに置かれている縁台に、ゆっくり腰をおろした。

目の前には、蕎麦の屋台がある。いつも三ツ目橋の北側に店を出していて、その味は本所でも評判だった。

屋台の主は深川の藪蕎麦で修業した男で、表店に店を出すという話もあったが、好きなところで好きなように蕎麦を打ちたい、と屋台で本所をまわっている。

それでも評判となるのは、驚くほどの蕎麦のうまさゆえだった。つなぎを使わず、蕎麦粉だけで打つ麺は、独特の香りと舌触りがあって、見た目のよさと重なり、わざわざ上野や神田界隈から食べにくる者もいるほどだ。

普段だったら並ぶ名店であり、座ることができたのは幸運だった。

剣次郎が蕎麦を頼み、できるまでの間、茶をすすっていると、かすみと新九郎が姿を見せた。

「ちょっと、どうして、こんなところで食べるんですか。もっといいところがあるでしょうに。寒くてしかたないんですけれど」

「十一月にしては厳しいねえ。もしかしたら雪が降るかも」

本所の空は、灰色の雲に覆われていた。十月下旬から寒い日々が続いていたが、酉の市が過ぎるころから、いちだんと冷えこみが厳しくなった。

今日は風も吹いていて、いつ白い物がちらついてもおかしくない。

「冗談じゃありません。場所を変えましょうよ」

新九郎が文句をつけたが、剣次郎は笑っていなした。

「なにを言っている。普段の団子屋が駄目だというから、ここにしたんだろうが。うまい物を食えるんだから、それに越したことはあるまい。せっかく並ばず、座れたんだから」

「こんな寒くちゃ、客も来ませんよ」

それでもふたりは腰をおろし、蕎麦を頼んだ。茶をすすりながら、背中を丸める。

「ここの蕎麦だけでお終いだったら、私は旦那の首を刎ねますよ」

新九郎はそこで言葉を切った。白い息が広がる。憂いのある横顔を見れば、なにを話したいのか、容易に想像はついた。

「四人目は、無事、駿河《するが》に移ったよ。この先は、城代《じょうだい》が面倒を見ることになる」

剣次郎は淡々と切りだした。

「身分はもちろん隠す。名前も変えている。青山長四郎は消えてなくなった。あとは、江戸生まれの浪人者として生きていくことになるだろう」

あの日、青山長四郎は、剣次郎に身柄をおさえられた。

三日後、お上からの使いが来て引き取られたのだが、それまでの間、長四郎はひとこともしゃべらなかった。問いかけても、うなずくか、首を振るかで、みずからの意志を語ることは一度もなかった。

それが虚勢だったのか、それとも自分をつらぬいてのことだったのか、確認する術はもはやない。

そもそも、屋敷に残っていたのは本物の長四郎だったのか。

彼のことは噂だけが先行して、顔を見たことがある者はほとんどおらず深川衆の大物ですら会った者はひとりだけだった。数が少なければ、ごまかしは容易だ。

剣次郎は、弥七の立ち振る舞いを思いだす。

彼は、どこか人を惹きつける魅力を持っていた。それが将軍の血に由来していたとすれば、筋道は通る。

深川衆の動向にくわしかったことも、最後まであきらめなかったことも。

彼が本物の四人目だとしてもおかしくない。

むしろ、それが自然であるように思えるが、いまとなってはこれも確かめる術は永遠にない。

長四郎が取り押さえられたことで、深川衆の騒乱は終焉を迎えた。九月なかば、五郎太と深川衆の残党が正式に手打ちをして、騒乱は終わった。

その後の二か月は、剣次郎も後始末に追われ、ゆっくりふたりと話す機会はなかった。

「美濃屋は江戸所払と決まった」

「軽い罪で済みましたね。騒ぎを大きくしたのに」

「これ以上、面倒を増やしたくなかったんだろう。将軍の子どもが深川で渡世人とかかわっていたと知られれば、大変だからな」

「そうですね」

かすみは笑った。

「それで、美濃屋の旦那さんは、なにを狙っていたんですか。四人目を本気で大身の旗本にするつもりだったんですかね」

「わからねえな。孫に対する情愛は厚かったようだが、本気で武家になることを望んでいたのかどうかはわからねえ。そのあたりは聞かせてくれなかった。捨てられた孫を不憫に思っただけなのかもしれねえし、年を取って、ちょっとばかり心の火をあおられたのかもしれねえ」

「本所と大喧嘩しても、孫に尽くしたかったんですかねえ」

新九郎は懐から煙管を取りだし、軽く吸った。白い息に煙草の煙が重なって、波のような紋様を作りだす。

「きわどいところで、なんとか騒動は片づいた。これもおまえたちのおかげだ。礼を言うぜ」

「あら、珍しい。お役人が頭をさげるなんて」

「なるほど、これなら、雪も降ろうて」

「抜かせ」

彼らがいなければ、町の者が数多く犠牲になっていただろう。

あきが手を尽くしてくれたおかげで、本所の女はほとんど無事だったし、五郎太が我が身を省みずに深川衆と戦ってくれたおかげで、表店の被害も最小限に済んだ。

町の者を動かせたのは、ふたりのおかげだ。それは認めざるをえない。

ひとりでできなかったとわかっていながら、悔しい気持ちにならないのは、助けてくれたのが、かすみと新九郎だったからだろう。

信頼は誰よりも厚い。もはや、血のつながりは関係ないだろう。

剣次郎は蕎麦を食べ終わると、立ちあがった。

「それじゃあ、行くか」

「どこへですか。寒いのは嫌ですよ」

「三笠町の例の店だよ。じつは借りきっている」

「へえ、すごい。旦那が出したんですか。太っ腹ですね」

返事はせず、剣次郎は歩きはじめた。それに、ふたりがついていく。

新九郎が話をはじめたのは、武家屋敷の合間を抜けていく最中だった。

「そういえば、ひとつ聞きたいことがあるんですが」

「なんだ」

「敏次郎って奴の正体ですよ」

剣次郎は横目で、新九郎を見た。

「察しはついているんでしょう」

「どうして、そう思う」

「敏次郎と話をしたとき、あっさり、向こうの考えを受け入れましたよね。あれ、ちょっとおかしいですよ。あとから、文句をつけた様子もありませんでしたし。なにかあると思って当然でしょう」

「あたしも気になりました。あんな奴の言うことに従うなんて」

「兄弟だからっていうのは、理由《わけ》にはならないよな」

「納得できませんね」

「だろうな」

剣次郎は袖を振った。

「まず、持ってきた話が正確だった。長四郎のこともつかんでいたし、背後に武家がいることも知っていた。あげていた名前も、あとで確かめてみたが、間違いはなかった」

「嘘はついていなかったと」

「あの男は本当のことしか言っていなかったよ。見れば、それはわかる」

「さすが本所の眼と言いたいところですが、それだけでは」

「次に振る舞いだな。敏次郎は指図することに慣れていて、俺たちみたいな癖のある奴らでも見事に使いこなした。しゃべりも達者で、自分のやりたいようにやっていた。なかなか、ああはできねえ。どこぞの大名の用人かと思ったが、そこでひとつ気になったことが出てきた」

「なんですか」

「敏次郎という名前よ。あれは、将軍世子、家慶さまの幼名だ」

新九郎は絶句した。かすみも目を丸くした。

「そうなれば、話に筋が通る。家慶さまなら、幕閣の内情にくわしくても当然だ。兄妹のことについてもな。万が一のことがあってはと調べているだろうから、俺たちのことも長四郎のことも端からわかっていた。騒動の裏事情にしても、隠密から話を聞いていれば、すべてつかめる」

「ちょっと待ってください。将軍の本当の子どもが、わざわざ町に出てきて、俺たちに頼み事をしたと」

「本当の子どもって言い方はおかしいだろう。俺たちもそうなんだから」

「いや、だから、そういうことではなく」

「そうだな。世継ぎで、後に将軍さまになろうって方が、今回の件を取り仕切った。そう思えたからこそ、俺は言うことに従った。いちばん早く事を片づけることができると思ったからな。それだけのことよ」

実際、敏次郎の正確な情報があったからこそ、騒動は早く片づいた。

もしかすると、剣次郎が思っている以上に、今回の事件は大事で、幕府の根幹を揺さぶっていたのかもしれない。だからこそ、敏次郎が動いて、迅速に事件を手じまった。

「だとしても、ですよ。どういうつもりで、俺たちに話を持ってきたんですかね。隠密とかを動かしてもよかったのに。そもそも、本当に、その……将軍さまの跡継ぎなんですかね。あの男は」

「さあ、兄妹だと思って、気楽に頼んだのかもしれないぞ」

「あのですね……」

「気になるなら訊いてみるといい。店で待っているから」

新九郎は立ち止まって、剣次郎を見た。かすみも同じだ。

「三笠町の店を押さえたのは敏次郎だ。一緒に呑みたいと言ってな。もう来ているはずだ」

「次の将軍さまが……町中に」

かすみは左右を見まわした。ひどく動揺している。

「そうさ。兄妹水入らずでやりたいとのことだ。いい機会だ。いろいろ訊くとよかろうて」

風が吹き、粉雪が舞う。道行く者が自然と空を見あげる。

剣次郎は、立ち尽くす新九郎とかすみを誘いつつ、冬本番を迎える本所の町をゆるやかに歩いていった。

コスミック・時代文庫

同心《どうしん》若《わか》さま 流星剣《りゅうせいけん》
二
無敵の本所三人衆

2023年5月25日　初版発行

【著 者】
中岡潤一郎《なかおかじゅんいちろう》

【発行者】
相澤　晃

【発 行】
株式会社コスミック出版
〒154-0002 東京都世田谷区下馬 6-15-4
代表　TEL.03(5432)7081
営業　TEL.03(5432)7084
FAX.03(5432)7088
編集　TEL.03(5432)7086
FAX.03(5432)7090

【ホームページ】
http://www.cosmicpub.com/

【振替口座】
00110-8-611382

【印刷／製本】
中央精版印刷株式会社

ISBN978-4-7747-6473-3 C0193